말과 꿈

트리
플

말과 꿈

1
6

T
R
I
P
L
E

양선형 소설

차례

너구리 외교관

그는 나아간다. 시야가 창백하다. 빛은 흔들리는 나뭇잎들에 의해 조각난 다음 그의 얼굴로 떨어진다. 그는 빛의 포말들 사이를, 으스러진 빛들이 생성하는 부서진 무늬들 사이를 미끄러지듯 걸어간다. 얼굴과 어깨에 내려앉는 빛의 모양이 달라지고, 그 무한한 변화의 온갖 소박한 디테일을 구체적으로 서술하는 일은 가능하지 않다. 무늬의 연속성 속에서 그는 떠내려가는 무늬들을 앞장서고 재차 떠내려가는 무늬와 마주친다. 그러한 일이 동시에 일어난다. 누군가 이 오솔길에 대해 말해주었다. 누군가 길과 길 사이의 덤불을 헤치면 그가 알고 있는 길들과는 다른 오솔길이 나타날 것이라는 사실을 말해주었다. 그는 헝클어진 관목들 사이로 들어선다.

오솔길은 단조롭다. 누가 이 길의 존재에 대해 일러주었는지는 잘 기억나지 않는다. 목소리에 대해서는 어떻게 서술해야 하는가. 언젠가 싸늘한 억양이 머릿속 어딘가에 응결되어 있었다. 그것은 투명한 각얼음 같았다. 지금은 그 얼음이 녹아내려 축축한 흔적만 남았다. 흔적 또한 휘발될 것이다. 휘발된 다음엔 목소리가 가리킨 방향을 향하는 무의지적인 걸음걸이만이 홀연한 망각의 실재를 보충하고 있을 것이다. 그 기억은 어떤 인상과 목소리, 예컨대 곰보 자국이 돋아난 늙고 까만 손이었을 것이다. 비죽 튀어나온 깡마른 손가락이 길과 길 사이의 덤불 속을 가리키며 곤두서 있었을 것이다. 나무를 대충 깎아 만든 뾰족한 새처럼. 그가 덤불 속으로 들어선 다음 그 손가락은 천천히 자신의 딱딱한 기척을 거둬갔을 것이다.

비좁은 오솔길 왼편으로 바람 빠진 축구공 하나가 찌그러져 있다. 더럽혀진 축구공의 움푹 들어간 부분으로 빗물이 고여 있다. 하늘의 푸른 파편들이 수런

거리는 잎사귀들 사이로 날갯짓한다. 잎사귀들은 서로 겹쳐지며 햇볕의 모양을 삐뚤빼뚤하게 만든다. 선선한 날씨와 울창하게 자라난 식물의 비릿한 냄새가 그의 걸음걸이를 늦춘다. 다른 샛길이 나타나지 않기 때문에 그는 길이 끝날 때까지 이곳을 통과해야만 한다. 아니면 길을 거슬러 돌아갈 수도 있다. 그를 이곳으로 이끈 늙고 까만 손을 향해, 혹은 그 손을 넘어 출발한 순간의 얼떨떨한 기대 속으로 말이다. 새가 지저귄다. 개구리가 울고 있다. 퓨즈가 끊어지는 듯한 간헐적인 이명이 들린다. 그를 방해하는 것은 아무것도 없다. 설령 그가 눈이 보이지 않는 사람이라고 해도, 그는 곧고 평평하며 앞으로만 이어진 오솔길을 느린 동작으로 빠져나갈 수 있을 것이다. 더듬거리지 않아도 될 만큼 반듯한 어둠이기에. 지금 그에게 중요한 것은 아무것도 없는 것처럼 보인다.

*

그가 산장 입구에 도착한 시간은 늦은 오후였다. 잡목림 사이로 노을이 배어들었다. 이곳에 머물러

도 좋을까. 너구리들이 현관의 계단 아래 벌러덩 누워
있었다. 그는 비척거리는 몸짓으로 계단을 올라 대문
앞에 섰다. 다리가 휘청거렸다. 현관 왼편으로 깨끗하
게 비워진 밥그릇 몇이 포개진 채 놓여 있었다. 아마 너
구리들은 이곳에서 끼니를 해치운 다음 혼곤하게 밀려
드는 졸음을 이기지 못한 모양이었다. 나지막하게 코를
고는 소리가 들렸다. 복층으로 이루어진 산장은 그리
작지 않은 규모였다. 연식이 오래된 것 같았으나 초가
나 오두막처럼 보이지는 않았다. 환한 빛이 창틀 아래
로 흘러내렸다.

　　그는 대문을 두들겼다. 산장에서는 인기척이 없
었다. 오히려 창문이 갑작스레 캄캄해졌다. 추측건대
이 산장의 주인은 남에게 방해받는 일을 달갑지 않게
여기는 사람이거나, 아니면 갑작스레 문을 두들기기 시
작한 그를 경계하고 있을 것이다. 창문 바깥쪽으로 넘
쳐흐르던 불빛을 꺼버리는 행동을 통해 싸늘하고 냉담
한 자신의 태도를 전달하고 있는지도 몰랐다. 몇 차례
더 문을 두들겼지만 응답은 돌아오지 않았다. 너구리들
이 그가 엉거주춤한 자세로 서 있는 현관을 향해 몰려
들었다. 양손으로 그의 바짓단을 잡아끌었다. 이 산장

에 거주하는 분 말이에요. 절대로 손님을 받지 않으셔
요. 지금도 매우 곤란해하고 있을 거라고요. 그만 단념
하시고 다른 장소를 찾아보시는 게 좋겠어요. 너구리들
은 이러한 이야기들을 낑낑거리는 몸짓으로 표현하는
중이었다. 미안한데 그럴 수가 없어. 그는 대답했다. 몰
랐겠지만 내가 많이 다쳤거든. 한 걸음을 떼는 일이 너
무 힘들었는데 멀리 지붕이 보이잖아. 그걸 따라왔어.
그를 올려다보던 너구리들의 눈망울이 커다래졌다. 아
무래도 그를 걱정하는 기색이 역력했다. 그는 티셔츠를
가슴까지 끌어올렸다. 복부에는 혈흔으로 범벅이 된 형
겊이 둘둘 감겨 있었다. 갈변된 흔적 가운데가 끊임없
이 흥건해졌다. 출혈이 멎지 않았다. 너구리들이 그의
말을 알아들었을까. 그랬으면 좋겠다. 날이 이슥해졌다.
바람에 사각거리는 숲의 귓속말이 계속해서 이어졌다.

      그는 기다렸다. 너구리 한 마리가 대문 아래 뚫
린 우유 투입구 속으로 들어갔다. 실룩거리는 꼬리가
구멍 안쪽으로 미끄러졌다. 이때 너구리는 그의 용태를
전달하기 위해 산장 안쪽으로 파견된 전령이었다. 다친
그와 완고한 산장의 거주자 사이에서 중재자 역할을 맡
게 된 그 너구리 전령이, 아무리·출중한 화술과 커뮤니

케이션 능력을 보유하고 있다고 하더라도, 그는 곧 단호하고 명백한 배척의 의사, 너구리들을 제외한 어떤 누구도 이 산장 안에 들이지 않으리라는 예고된 대답과 마주하게 될 것이었다. 그런 생각이 들었다. 그는 쪼그려 앉아 너구리들과 잠시 노닥거렸다. 복부에 감각이 없었다. 바닥으로 점점이 핏방울이 떨어졌다. 그는 양손으로 복부를 짓눌렀다. 나름대로 지혈을 시도하기 위해서였다. 강렬한 통증이 엄습했다. 그는 이를 꽉 깨물며 계단에 주저앉고 말았다.

너구리 전령에게서는 아직 소식이 없었다. 너구리들이 그를 에워쌌다. 몇몇 너구리로 말할 것 같으면 너무 축축한 탓에 헝겊 대용으로는 도무지 사용하지 못할 푸른 잎사귀, 또는 마취 작용 따위는 전혀 기대할 수 없을 것만 같은 조그만 꽃잎들을 이로 씹은 다음 공처럼 뭉쳐 건넨 뒤, 혹시 이거라도 도움이 될 수 있을지…… 하는 표정으로 가만히 그를 응시하고 있었다. 그는 너구리들에게 고마움을 느꼈지만 이런 마음을 드러낼 심리적인 여유가 없었다. 통증이 그의 관자놀이에 매질을 했기 때문이다.

채광창으로 녹음이 우거진 야산의 정경이 한

눈에 들어온다. 촛불 관리인은 산장의 거실에 놓여 있는 테이블 왼쪽 측면 의자에 멍하니 앉아 있다. 가끔 홀연한 동작으로 일어나 산장 주변을 배회하는 너구리들의 식사를 준비하기도 한다. 그것이 일상의 전부다. 창밖이 펼치는 계절의 유희는 마치 홀로그램처럼 보인다. 아무것도 하지 않는다. 노동하지 않는다. 만나지 않는다. 삶을 변화시키지 않는다. 잔잔한 수면 위로 파문이 자라나지 않는다. 빗금들이 물거품처럼 떠다닌다. 촛불 관리인의 일상이란 온전히 동일한 궤적으로 순환한다. 산장 안쪽에서 시간은 더디게 흐른다. 시간의 내용은 일기에도 기록될 수 없을 만큼 기척이 흐릿하다.

　　촛불 관리인은 너구리들을 아끼고 사랑한다. 야산에 거주하는 모든 존재가 너구리들을 귀여워한다. 너구리들은 잠이 많고 아주 게으른 생활 습관을 유지하고 있지만 항상 자신들에게 제공되는 풍요로운 먹이와 넘쳐나는 애정의 세계에 속해 있다. 과장을 보태자면 야산의 모든 존재가 너구리들을 향해 선물 공세를 펼치고 있다고 말할 수도 있다. 어제 도토리를 주웠던 풀숲 사이에서 오늘의 도토리를 채집할 수 있다. 신경질적이고 마음이 꼬여 있는 츤데레 가시덤불조차 너구리들을 향해 새빨간 산딸기를 내어놓는다. 까마귀들은 인간의 도시에서 물어온 반짝거리는 물체들을 너구리에게 건네며 누가 더 아름다운 물체를 가져왔는지를 경쟁한다. 너구리들은 이러한 사랑이 언제나 고맙고 당혹스럽다.

그러므로 산장의 잠긴 대문 앞에서 기절할 것 같은 통증을 느끼고 있는 그와 촛불 관리인 사이에 다리를 놓아줄 수 있는 존재란 오직 너구리들인 것이다. 너구리만이 그를 산장 안으로 입장하게 할 수 있고, 촛불 관리인의 가능할지 모를 보호의 손길을 성사시킬 수 있다. 산장 안쪽으로 들어선 너구리 전령은 역시 냉담한 표정으로 식탁에 앉아 있는 촛불 관리인에게 애교를 부린다. 물론 촛불 관리인은 그 애교의 의도를 눈치채고 있다. 그러나 좀처럼 거절하기 어렵다. 촛불 관리인의 입장에서 너구리 전령의 외교술에 넘어가는 일은 지금껏 착실하게 쌓아온 고독의 금자탑을 무너뜨리라는 거북한 요구에 가깝다. 그가 죽어도 괜찮아. 통증으로 쓰러져 사경을 헤매고 숨이 끊어져도 나는 몰라. 하지만 너구리야, 네 애교를 뿌리치는 일은 너무 힘들구나. 너구리 전령이 엉덩이를 흔들며 촛불 관리인 주위를 얼쩡거린다. 촛불 관리인은 그만 너구리 전령의 모습에 유혹되고 만다.

　　대문이 열렸을 때 촛불 관리인은 너구리들 속에 주저앉아 있는 그를 발견했다. 촛불 관리인이 그를 부축했다. 평소라면 허락하지 않을 태도였다. 너구리들이 고개를 까딱이며 촛불 관리인을 향해 인사했다. 반쯤 열린 문틈 사이로 부는 산들바람이 산장의 테이블 위에 밝혀진 촛불을 건드렸다. 촛불이 희미해졌다. 테이블 위로 올라선 너구리 전령이 양손으로 촛불을 감쌌다. 포개진 손바닥 사이의 캄캄한 우물 속으로 황금빛 물고기가 헤엄쳤다. 그것이 여전히 타오르고 있다는 사실을 너구리 전령의 반짝이는 눈망울을 통해 알 수 있었다. 설령 그의 삶이 얼마 남지 않았다고 해도, 그는 남은 시간 동안 촛불 관리인과 너구리들이 선사하는 너그러운 환대 속에 존재할 수 있을 것이었다. 그것은 그가 지금까지 보냈던 나날보다 더 값진 것, 말로는 설명할 수 없는 것이었다.

말
과
꿈

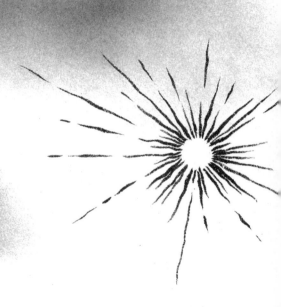

그는 활주로로 달아난 말 한 마리를 쫓고 있었
다. 녀석이 이전처럼 자신을 찾아올 수도 있다는 생각
이 들었으나 이번에는 그가 직접 행동할 차례였다. 그
것이 녀석과 맺은 약속을 준수하는 일이 아닐까? 물론
녀석을 추적하는 일에 관한 그의 의무감에는 다분히 공
상적인 측면이 있었다. 그러나 녀석을 찾아야만 한다는
필연적인 감정에 비춰볼 때 이는 사소한 의혹에 불과했
다. 이제부터 할 일을 해야만 했으므로, 녀석을 영원히
놓치게 되는 일이 두려웠기 때문인지도 모르겠지만, 여
하간 그는 배낭을 메고 집 밖으로 나왔다. 일단 집을 나

서기만 하면 녀석을 찾는 일에 대한 단서를 제공하는 선량하고 친절한 안내자들이 저절로 나타나리라고 착각했던 것 같다. 그는 실종된 녀석을 발견하는 순간 자신이 느낄 완벽한 기쁨을 상상했다. 이윽고 아직 겪지 못한 미래의 기쁨을 상실했다.

　　여정을 공항에서 시작하기로 마음먹은 그는 휴대폰 어플로 택시를 잡았다. 미터기 속에서 내달리는 홀로그램 말이 떠올랐기 때문이다. 이러한 비합리적인 표지들이 그에게는 중요했다. 표지들이 쌓여 그를 녀석에게로 인도할지도 모를 일이었다. 그는 택시를 기다리며 편의점에 들러 껌 한 통을 샀다. 껌을 씹으며 벤치에 앉아 있었다. 입술을 비죽 내밀고 풍선을 만들기도 했다. 계산할 때는 몰랐는데 사과맛 껌이었다. 그는 사과와 녀석, 혹은 풍선과 녀석의 연관성에 대해 잠시 고민했지만 딱히 아무런 아이디어도 떠오르지 않았다.

　　녀석을 발견하면 녀석과 함께 흔적도 없이 사라지게 될까, 아니면 녀석을 이끌고 집으로 돌아오게 될까? 그는 승마를 해본 적도 없었다. 안장에 올라 고삐를 움켜쥔 그의 모습은 대충 그린 크로키 같은 막연한 상념으로 뭉쳐졌다가 금세 흩어지고 말았다. 손아귀의 지도 속에서 택시의 위치가 점점 가까워졌다. 생각을 정리해야 했지만, 그는 여전히 실종된 말을 찾을 수 있다는 관념이 무척이나 황당하게 여겨진다는 사실과 싸우는 중이었다. 대개 공상이란 지속성이 짧은 편이다. 녀석을 포기할 기회는 얼마든지 있었다. 그러나 이렇게 망설이는 사이 그가 호출한 택시가 벤치 앞으로 부드럽게 정차했으며, 그는 하루쯤 녀석을 위해 시간을 허비하는 것도 나쁘지는 않겠다는 결론에 도달했다. 기사 할아버지는 짧게 깎은 백발에 금테 안경을 쓰고 있었다.

녀석이 활주로를 뛰어다닐 무렵에 그는 침대에 누워 뜬눈으로 밤을 지새웠다. 늦은 새벽이었다. 그에게는 뜬눈으로 밤을 지새울 현실적인 고충과 불안이 너무도 많았지만 굳이 여기서 그 내막을 상세하게 나열하고 싶지는 않다. 그러니까 그는 현실적인 고충과 불안을 내팽개친 채 말 한 마리를 위해 택시에 올랐고, 스스로를 방치하고 있다는 의혹을 등한시하며 백미러로 자신을 바라보는 기사 할아버지에게 고개를 끄덕였다. 가도 된다는 신호였다. 기사 할아버지는 그를 향한 시선을 거두어들인 뒤 인자한 미소를 지으며 택시를 출발시켰다. 피로 때문에 눈꺼풀이 뻑뻑했다.

그는 녀석이 공항에서 일으킨 소동을 인터넷 기사로 접했다. 녀석으로 인해 이착륙이 예정된 항공기 몇 대의 운항이 한 시간 정도 지연되었다고 했다. 녀석의 변덕스러운 자유가 활주로를 드나드는 항공기들의 순조로운 흐름을 잠시간 가로막았던 셈이다. 그는 녀석처럼 자신을 둘러싼 비자발적인 흐름을 기꺼이 중단시킬 수 있는 이들을 사랑했다. 녀석은 공항의 스케줄을 마비시키는 방식으로 경마장 바깥의 세계를 향해 실질적인 영향력을 행사했던 것이다. 활주로는 종마를 방목할 들판으로서는 터무니없이 광활한 공간이었지만 녀석은 그곳을 그렇게 사용했다. 차지했다는 표현이 적절할 것이다. 빼앗았다는 표현이나 점령했다는 표현으로 공항을 이용하는 승객들에게 민폐를 끼친 녀석의 탈주에 더 적극적인 의미를 부여할 수도 있을 것이다.

공항과 공항 사이를 연결하는 하늘길의 교차로가 활주로에서 난동을 부리는 녀석으로 인해 한동안 정체를 겪었다고 했다. 뜻이 땅에서 이룬 것과 같이 하늘에서도 이루어지이다. 활주로가 일시에 병목 구간이 되었고, 상공에 붙들린 항공기들은 난데없이 출현한 장애물이 치워지기까지 대기권을 선회하며 착륙 게이트를 변경해야만 했다. 장소가 장소이니만큼 탑승한 승객 몇몇은 공포에 사로잡혔을 수도 있겠다. 대개는 짜증을 내거나 활주로에서 흥분한 말들이 날뛰고 있다는 기내방송을 향해 어깨를 으쓱하며 콧방귀를 뀌었을 것이다. 녀석은 심장에 전이된 육종을 제거하고 부정맥이 생긴 혈관에 스텐트를 삽입하기 위해 해외에 위치한 대형 수의센터로 이송될 예정이었다. 그러니 녀석은 병든 말이었다. 동시에 녀석은 생애 내내 자신의 건강을 돌보기위해 제공될 값비싼 의료 서비스의 혜택을 충분히 누리며 살아갈 수 있는 드문 종류의 말이기도 했다.

　　녀석과의 관계를 이야기하기 위해서는 더 예전으로 거슬러 올라가야만 한다. 그는 녀석이 경주마로 데뷔하기 전부터, 어쩌면 녀석이 태어나기 전부터 녀석의 존재를 알고 있었는데, 그런 녀석과의 관계가 남들이 듣기엔 모호하고 불분명한 배경을 갖고 있었다고 하더라도, 어쨌든 그가 마음만 먹으면 자신이 입원한 병실을 방문했던 녀석의 이미지를 떠올릴 수 있었다. 물론 그것은 펄럭거리는 낱장처럼 아스라한 이미지였다. 그는 녀석의 몸에 얼룩덜룩하게 피어난 세계지도 모양의 반점을, 불붙은 냅킨처럼 휘날리던 갈기를, 단정하게 튀어나온 앞턱을, 탄탄하며 고요하게 진동하던 육체를 기억했다. 언젠가 녀석의 매끄러운 살갗을 쓰다듬었던 적이 있었다.

　　그는 몇 년 전 녀석과 우연히 재회했다. 녀석은 선두로 달리던 경주마를 곡선 주로에서 가까스로 추월해 결승선을 통과했다. 데뷔한 이후 첫 번째 우승이었다. 녀석은 마사회에서 발표한 우수 씨수말 확보 프로젝트를 통해 국내로 입양되었다. 투자한 노력과 자본이 아깝지 않은 유망주로 성장한 녀석은 몇 차례 기대보다 못한 성적으로 마사회를 난처하게 만드나 싶더니 곧 경기에 적응해 해외 그랑프리를 휩쓸고 다녔다. 녀석은 경기에 드라마를 부여하는 능력이 있었다. 지치지 않는 인내심으로 경기 후반 투지를 폭발시켜 형세를 역전시키는 것이 녀석의 장기였다. 이러한 점이 세계적인 명마였던 녀석의 증조부를 쏙 빼닮았지만, 다리가 뭉툭하게 짧고 털이 거칠어 조랑말처럼 볼품없는 용모를 가졌던 증조부와 달리 건장하고 야무진 체격과 담청색으로 반들거리는 수려한 기품으로 선대의 아쉬운 유전자를 훌륭하게 극복했다는 평가를 받았다. 그것은 녀석을 출산한 암말의 가계에서 계승되는 특질이었다.

언젠가 고향에 내려가기 위해 시외버스 터미널에서 버스를 기다리는 중이었다. 대기석에 앉아 텔레비전에서 방영하는 뉴스를 멍하니 바라보는데, 코피를 흘리는 녀석의 얼굴이 클로즈업으로 부각되었다. 그 순간, 그는 머릿속을 떠다니던 어슴푸레한 환영이 구체적인 형상으로 조각되는 느낌을 받았다. 신비로운 일이었다. 그때부터 녀석의 이미지는 그의 기억 한가운데 새겨진 공백의 모양에 들어맞는 마지막 퍼즐 조각, 그가 망각으로부터 돌려받은 아주 각별한 퍼즐 조각이 되었다. 눈보라가 퍼붓던 창밖에서 병원 현관 쪽으로 차츰 가까워지던 녀석의 걸음걸이가 생생하게 되살아났다. 공황에 시달릴 때처럼 호흡이 가빠졌다. 그는 어머니에게 다음에 내려가겠다고 통보한 뒤 전화를 끊었다.

포털 사이트에 녀석의 이름을 검색하니 녀석은 아주 유명한 경주마가 되어 있었다. 녀석이 벌어들인 누적 상금만 해도 천문학적인 금액이었다. 유튜브에 접속하자 녀석의 이름을 행사 제목으로 내건 말 갈라쇼 영상이 나왔다. 녀석의 월드 그랑프리 우승을 기념해 마사회에서 특별하게 기획한 이벤트였다. 말을 타고 도열한 유소년 선수들이 색색의 조명이 현란하게 비추는 승마

장 안쪽을 맴돌았다. 단추를 목까지 채운 정직한 프록
코트 차림이었다. 말들은 고개를 순종적으로 떨어뜨렸
다. 헬멧을 착용한 아이들이 잡아당기는 고삐에 응답해
정해진 위치에서 네 다리를 씩씩하고 절도 있게 뚜벅거
리는 답보 동작을 선보였다. 명랑한 디스코 음악과 다
채롭게 빛나는 조명들 사이에서도 말들은 놀라거나 절
룩거리지 않았다. 호흡을 맞추고 있다기보단 그간의 숙
달된 요령을 통해 유소년 선수들의 서투른 지시를 지탱
하며 움직이는 것처럼 보였다.

　　이들은 각각 순치한 퇴역마와 유소년 선수로 짝
지어졌다고 했다. 행사를 주최한 마사회에서는 퇴역마
를 일반적인 승용마로 재활하는 캠페인을 진행하는 중
이었다. 갈라쇼의 초반부는 순치한 퇴역마를 관객들 앞
에 전시하는 바자회의 성격을 띠었다. 퇴역한 뒤에도
씨수말이나 번식용 암말이 되어 여생을 편안하게 보내
는 말들이 있는 반면 성적이 부진했던 절반 이상의 말
들은 경마장에서 은퇴한 뒤 보호해줄 주인을 구하지 못
한 채 생을 마감한다. 죽음이 예정된 말들 가운데 제한
적인 수만이 승용마로서 다시 길들여진다. 경마 산업으
로 벌어들이는 막대한 부는 퇴역마를 사육하는 일에 거

의 지출되지 않는다. 운이 나빠 재활을 위한 기회와 시설을 배당받지 못한 말들, 혹은 재활에 부적합한 말들은 육용으로 분류된 채 도살되어 인간이 먹는 고기나 반려동물의 사료로 쓰인다고 했다. 그가 녀석의 생애를 추측하기 위해 조사한 내용이었다.

무관심 속에 방치된 퇴역마들은 대개 레저와 승용과 번식과 육용이라는 네 가지 범주로 나누어진다. 비교적 성정이 온화한 말들은 순치에 성공하는 편이지만 사납거나 괴팍한, 경기 도중에 장애를 얻었거나 인간을 등에 태우고 달리는 일에 트라우마가 있는 말들은 순치의 대상으로 낙점되지 못한다. 경마장 안에서 비교적 평범한 성적을 거두고 별다른 문제 없이 은퇴한 말들조차 경주마로서의 투쟁과 질주에 대한 강박관념을 내면화한 경우가 많아 이를 억압하는 까다로운 순치의 과정에서 극도의 스트레스를 경험하게 된다. 이 과정에서 조련에 실패하는 말들도 부지기수다. 순치에 성공한 말들 또한 마장 대여와 먹이로 제공될 건초에 들어가는 비용을 충당할 누군가가 나타나지 않으면 훈련의 결과와 무관하게 언제든 육용으로 전환될 수 있다고 했다. 유소년 선수단이 퇴장한 뒤 본격적으로 성인 선수들에

의한 마장마술 공연이 시작되었다. 공연은 전쟁에 파발
마로 참전해 무수한 공훈을 세우고 전사한 조니의 활약
상을 담고 있었다.

술에 취하기만 하면 마구간으로 쳐들어와 채찍
을 휘두르는 난폭한 주인 밑에서 성장한 조니는 그곳
에서 마부의 아들인 조이와 우정을 맺는다. 푸줏간으로
끌려가 도축되기 직전 서커스단에 팔린 뒤 무서운 맹수
들 사이에서 사육되는 등 우여곡절의 시간을 통과하던
조니는 결국 정부에 의해 징용되어 파발마로 키워진다.
그리고 그곳에서 하사관으로 입대한 조이와 감격스러
운 해후를 나눈다.

참호와 바리케이드로 꾸며진 높은 허들을 뛰어
넘는 아슬아슬한 비월 묘기가 갈라쇼의 하이라이트였
다. 울창한 숲속에 전사자들의 주검이 널려 있다. 수런
거리는 야음 속을 내달리며 포효하는 조니. 총탄에 맞
은 조이의 시신을 아군의 초소까지 운반하는 임무를 완
수한 뒤 무릎을 꿇고 숨을 거두는 조니에게로 환한 조
명이 비추어진다. 구슬픈 음악을 배경으로 승마장 왼편
입구에서 갈라쇼의 진짜 주인공인 녀석이 등장한다. 조
니를 감싸던 빛의 원반이 둘로 갈라진다. 한쪽 원반이

녀석에게로 이동한다.

　　　연극에서 사령관 역할을 맡은 기수가 녀석의 고삐를 쥐고 있다. 관중의 시선이 녀석에게로 결집한다. 따로 동작 연기를 하고 있지 않음에도 박동하는 근골의 음영에서 절제된 힘의 잔상을 선명하게 감지할 수 있다. 녀석의 실물을 구경하기 위해 갈라쇼에 참석한 관객들 또한 녀석의 육체에 깃든 맹렬함이 언제든 치솟아 범람할 수 있다는 사실을 알고 있다. 하지만 녀석은 유명한 경주마로서의 체면을 지키지 못한다. 얼떨떨하고 다소 주춤거리는 듯한 잰걸음으로 죽은 척 모가지를 늘어뜨린 조니에게로 다가왔는데, 낯선 환경으로 인해 심리적인 압박감을 느꼈던 모양이다. 장내에 감돌던 팽팽한 긴장감이 녀석의 위축된 태도와 함께 일시에 녹아내린다. 관중석에서 소란스러운 휘파람 소리가 들린다. 녀석의 탄탄한 몸뚱이 어딘가의 균형이 무너진다.

　　　녀석은 경마장에서처럼 시선을 전방으로 고정하는 차안대를 착용하지 않았다. 고개를 반복해서 까딱이며 푸드덕거린다. 떠들썩한 목소리가 녀석의 흉골을 확장시킨다. 사방에서 엎질러지는 인간의 함성은 불붙은 혈관에서 분비되는 아드레날린을 신속한 주력으로 전환하라는 무의식적인 명령이었을 것이다. 여전히 관중석에서 흘러나오는 경쾌한 함성이 녀석의 쿵쿵거리는 관자놀이를 자극했겠지만, 녀석은 경마장이 아니라 연극 무대로 둔갑한 승마장의 눈부신 조명 아래에 서 있었다. 그래서 혼란에 빠진 것처럼 보였다. 녀석의 양옆에는 경쟁할 말들이 존재하지 않았으며, 기수는 불붙은 녀석의 피를 차갑게 식히라는 명령을 단호하게 틀어쥔 고삐를 통해 전달했을 것이다. 녀석은 눈두덩과 아래턱을 터질 듯이 결박하는 재갈을 씹으며 머뭇거렸을 것이다. 엄습하는 혼란이 녀석을 지배하기 직전 녀석은 뒷발로 두어 차례 승마장 바닥을 내리찍었다.

훗날 기자들은 녀석이 갈라쇼 도중에 노출한 불안정한 태도를 인용하며 공항에서의 소동이 예정된 일이었다고 썼다. 녀석은 자신에게로 겨냥된 관중의 눈빛을 예민하게 지각했을 것이다. 이윽고 온몸이 간질거리기 시작했을 것이다. 녀석은 일단 조니 앞까지 다가가는 동안에는 스스로를 잘 제어했다. 안장에서 내린 사령관이 파발마 조니의 충성스러운 희생을 기리며 훈장을 수여하는 동안 녀석은 꼬리를 휘두르며 엉덩이에 달라붙은 날벌레들을 쫓고 있었다. 그러나 실제로 벌레들은 없었고, 살갗을 간질이는 정신적인 벌레들이 갈빗대와 갈빗대 사이를 기어가며 녀석의 참을성을 시험하는 동안에도 녀석은 벌을 받듯 완강한 자세로 같은 장소에 멈춰 있었다. 벌레들이 늘씬한 모가지를 넘어 뾰족하게 곤두선 녀석의 귓바퀴 주위에서 바스락거렸을 것이다.

먼저 이 상황을 견디지 못한 쪽은 조니였다. 사령관이 비통한 어조로 낭독하는 애도의 헌사가 끝날 때까지 양순한 자세로 고꾸라져 있어야 했을 조니가 자리에서 일어났던 것이다. 녀석의 불안정한 태도에 감염된 모양이었다. 허정거리며 승마장 안을 돌아다녔는데, 녀석 또한 이 연극을 자발적으로 저버린 조니와 함께 승마장 도처를 배회하기 시작했다. 장내가 어수선해졌다. 전쟁 도중 전사해 이미 한 차례 퇴장했던 기병대 대원들이 죽은 조니를 추모하는 발라드 음악 속에서 유령처럼 승마장 안으로 되돌아왔다. 갈라쇼의 후반부가 우스워졌다. 그들 모두가 혼란에 빠진 말들을 진정시키기 위해 씰룩거리는 말들의 엉덩이를 뒤쫓는 해프닝의 일원이 되었다. 조니와 녀석은 교미하기 직전 서로를 탐색하는 의식 같은 것을 벌였다. 조니가 성난 발차기로 제 꽁무니 주위에서 서성거리던 녀석을 따돌리지 않았더라면 행사를 주관한 마사회는 관중들 앞에서 감당하기 어려운 망신을 당했을 수도 있었다.

영상의 재생이 끝나 노트북 화면이 암전된 뒤에도 그는 한동안 정신을 차리지 못했다. 얼얼한 머릿속으로 서서히 부상하는 기시감이 있었다.

녀석이 그에게 다가와 타액이 뚝뚝 떨어지는 주둥이를 들이민다. 귓속에서 또각거리는 말발굽 소리가 메아리친다. 그가 녀석의 머리를 끌어안고 무언가를 속삭인다. 헝클어진 갈기에서 풍기는 시큼털털한 냄새를 맡는다. 교복 와이셔츠가 녀석의 비눗물 같은 타액으로 흥건해진다. 축축하고 미끄덩한 촉감 때문에 아래를 내려다보자 가슴께가 핏물에 오염된 걸레가 되어 있다. 분명 방금까지 품속에 단단하고 길쭉한 녀석의 머리가 있었는데, 어느새 녀석은 온데간데없이 사라지고 그는 엎드린 채 숨을 헐떡거린다. 덤벙거리는 눈송이들이 실내로 침입한다. 사람들이 불분명하게 포개져 흐느적거린다.

하얗고 깡마른 뱀 한 마리가 사람들 사이를 파고든다. 끔찍해. 하얀 뱀이 사람들 사이를 흘러간다. 녀석의 젖은 살갗에서 풍기던 지독한 암내 대신 폐비닐을

태울 때 나는 유황 냄새로 코끝이 매캐해진다. 그는 기
침한다. 널려 있는 유리 파편, 찌그러진 의자들, 뒤엉킨
몸들 사이를 빠져나오기 위해 철제 바닥을 절박하게 긁
으며 꿈틀거리는 그림자들이 보인다. 그는 통증을 느끼
지 못한다. 드럼을 거칠게 두들기는 듯한 격렬한 맥동
이 온몸을 집어삼켜 통증을 식별하지 못하는 것도 같
다. 그는 다시 눈을 감는다. 청회색의 가느다란 광선이
짜부라진 원기둥 모양으로 울렁거린다. 구겨지던 빛의
산란이 곧 말의 형상을 닮은 홀로그램 도형으로 변신한
다. 그는 까막잡기를 하듯 양손을 더듬거린다. 그가 포
옹하면 녀석은 생겨난다. 그런데 어디 있어. 너 어디 있
어. 그는 자꾸만 녀석을 찾고 있다.

*

그는 드러누운 자신의 육체를 안쪽에서 짚은 채
사력을 다해 밀어냈다. 가위에 눌렸을 때의 감각과 흡
사했다. 그는 움직이지 않는 육체와 육체 안쪽에 고립
된 의지 사이의 단절된 골짜기에 끼어 있었다. 옥죄는
압력에서 벗어나기 위해 애쓸 때마다 육체가 더 갑갑하

게 그를 구속했다. 점점 부피가 줄어드는 것 같은 어떤 냉담한 공간과의 사투가 계속되었고, 여전히 그것을 밀어내려는 시도가 좌절되는 만큼 그는 사실상 항복에 가까운 체념에 도달할 수밖에 없게 되었다. 그는 탈진한 채로 시큰둥하게 돌아누웠다. 그런 방식으로 자신의 의지와 동떨어진 육체의 부동성을 인정하고 말았다. 육체는 그가 여유롭게 휴식할 만큼 넓은 공간이 아니었다. 그러나 아무것도 하지 않는 동안에는 딱히 비좁은 공간도 아니었다. 그와 그의 육체 사이에 약간의 틈새가 있었다는 뜻이다.

육체가 그를 억류하기 위해 꿈쩍도 하지 않는 것이 아니었다. 그가 자신의 육체와 분리되었을 뿐이었다. 때문에 마음만 먹으면 그곳을 나갈 수도 있었다. 육체와의 무의미한 투쟁을 그만두자 저절로 눈이 떠졌다. 그의 육체는 아직도 눈을 감고 있었으므로 진짜 눈과는 다른 눈이 열렸던 셈이다. 병실 천장이 흐릿하게 보였다. 천장에 붙어 있던 하얀 뱀이 격자무늬 타일의 경계를 가로질렀다. 그는 자신의 육체를 내버려둔 채로 침상에서 일어났다. 눈부신 광채가 톱니 모양으로 그를 에워쌌다. 몸에 묻은 물기가 바람에 마를 때처럼 오싹

한 전율이 흘렀다. 실감이 가벼워졌다. 그는 어리둥절
하게 주위를 둘러보았다. 디졸브된 필름에서처럼 시야
에 비치는 손과 허벅지의 윤곽이 반투명했다. 내가 유
령이 되었구나. 그는 조심스럽게 침상 아래로 발을 디
뎠다.

　　　얼굴이 노르스름하게 멍든 그의 육체가 산소호
흡기를 부착한 채 침상에 누워 있었다. 하얀 뱀이 벽의
모서리를 타고 내려왔다. 간이침대에 걸터앉은 어머니
가 그를 둔한 시선으로 바라보았다. 그는 어머니와 눈
을 마주쳤다. 어머니는 그를 알아보지 못했다. 더디게
눈을 깜박였다. 퀭하니 꺼진 눈두덩에 금세 물기가 고
였다. 짧은 환자복 밑단으로 삐져나온 그의 발목을 주
무르며 흐느꼈다. 그는 어머니를 부르려고 했으나 기척
과 목소리가 소거되어 있었다. 울음을 멈춘 어머니가
양손으로 얼굴을 문질렀다. 얼굴이 까칠했다. 당시 그
는 열아홉 살이었다. 사고가 일어났을 때 그와 함께 시
외버스에 타고 있던 사람들 가운데 세 명이 현장에서
즉사했다고 했다. 그는 근처의 대학병원으로 이송되었
다. 응급수술을 받은 뒤에도 보름 동안 깨어나지 못했
고 한 차례의 심정지가 있었다고 했다. 그는 당시의 꿈

을 임사 체험이라고 불렀다. 영혼이 그의 육체를 잠시 이탈했던 순간이라고.

고속도로를 달리던 중 트럭 한 대가 돌연 차선을 침범해 가드레일을 향해 돌진했다. 그날은 종례가 길었다. 수업이 끝나자마자 빠른 걸음으로 교문을 지나 학교 앞 정류장으로 갔다. 시외버스 터미널에서 서울행 버스를 탈 예정이었다. 그는 초조했는데, 자칫하면 공연 시간에 맞추지 못할 것만 같은 불길한 예감이 들었기 때문이다. 좋아하던 일본 밴드의 내한 소식을 듣고 간신히 손에 넣은 티켓이었다. 기회를 날려버릴 수는 없었다. 추위 때문에 시큰한 코를 훌쩍이고 발을 동동거리며 버스를 기다리는 동안 엎친 데 덮친 격으로 하늘에서 싸라기눈이 내리기 시작했다. 눈의 입자들이 우중충한 대기 속을 부유했다. 이론적으로라면 터미널에서 서울까지 한 시간 반, 다시 서울에서 지하철로 공연장까지 다다르는 데 또 한 시간이 걸렸다. 충분한 시간이었지만, 퇴근길인 데다가 눈까지 퍼붓는 고속도로 위에서 이러한 계획이 얼마만큼 지켜질 수 있을까? 히터를 틀어 후덥지근한 시외버스 안에서도 그는 속절없이 흐르는 시간으로 속앓이를 하며 실내에 밝혀진 시계 전자판 속의 숫자들을 응시했다.

　핸들을 꺾은 트럭 운전사는 휴게소에서 일찍 저녁을 먹은 뒤 정신건강의학과에서 처방받은 알약을 복용했다. 그 알약이 직접적인 원인으로 작용했던 건지, 선후 관계를 달리해 삼킨 알약이 트럭 운전사의 머릿속에 잠복한 환각을 억제하지 못한 것이 원인이었는지도 모르겠다. 트럭 운전사는 핸들을 붙잡은 팔을 능청스럽게 휘감으며 눈앞으로 가까워지는 하얀 뱀을 목격했다. 시야가 캄캄해졌다. 그때부터 운전사는 대동맥에 들러붙은 하얀 뱀을 떼어내기 위해 제 목덜미를 쥐어뜯기 시작했다고 했다. 트럭이 가드레일과 충돌하자 찌그러진 보닛 안쪽의 엔진부가 운전석을 향해 밀려들었다. 하반신이 뜨겁게 달아오른 기계에 잡아먹혔다. 트럭 운전사는 다행히 목숨을 건졌지만, 척추를 지나는 중추신경 다발에 회복하기 어려운 손상을 입었다고 했다.

　하얀 뱀이 병실 바닥을 기어갔다. 그가 누운 침대로 방향을 틀었다. 저 징그러운 머리를 밟아야 해. 단숨에 모가지를 잡아채야 한다고. 그는 생각했다. 그러나 주저하듯 엉거주춤하게 딛고 있던 두 발이 허공으로 떠올랐다. 그는 공중에서 풍선 인형처럼 허우적거렸다.

상승하는 기류가 얄팍한 종잇장 같은 그의 영혼을 감쌌다. 하얀 뱀은 그의 그림자가 드리워지지 않은 바닥을 느리게 지나쳤다. 존재 자체가 희미한 궤적이나 잔상에 불과한 것처럼 병실 바닥과 같은 색깔이었다. 주의를 기울이지 않으면 형체를 식별할 수 없었다. 훗날 그는 정말로 뱀 한 마리를 만났다. 하얀 뱀은 아니었고 살갗에 푸르스름한 광택이 도는 땅뱀이었다. 입대한 뒤 군용 트럭에 실린 탄약 상자를 야산에 있는 무기고로 운반하던 도중이었다. 뱀은 덤불 사이에서 홀연히 나타나 철문이 열린 무기고 입구로 다가왔다.

뱀은 길을 잃은 것 같았고 사방에서 감지되는 인기척에 놀란 듯 더는 무기고 안쪽으로 접근하지 않았다. 부대원들이 혼비백산하며 물러났다. 하역 작업을 인솔하던 중사가 조치를 위해 서둘러 뱀에게로 달려갔다. 군화 앞코로 뱀의 머리를 짓밟았고, 다급한 외침으로 그에게 야전삽을 가져오라고 말했다. 정신 똑바로 차려. 독이 있을지도 몰라. 혹시 살았을 수도 있으니까 삽날로 몸통을 정확하게 찍어야 해. 중사의 말을 거절할 새도 없이 야전삽을 치켜든 손에 힘이 들어갔다. 가슴을 쥐어짜는 듯한 긴박감이 문제였다. 끊어진 뱀의 허리가 발작하듯 세차게 요동쳤다. 웅성거리며 모여든 부대원들이 경련하는 뱀의 허리를 내려다보았다. 중사와 그는 개수대에서 야전삽과 군화 밑창에 묻은 찌꺼기를 씻어냈다. 생활관으로 복귀한 그는 복도를 돌아다니며 오늘 자신이 뱀 한 마리를 죽였다고 떠들고 다녔다. 구정물을 뒤집어쓴 것처럼 온몸에 꺼림칙한 열기가 가시지 않았다. 그 열기는 끊어진 뱀의 허리에 대해 수다스럽게 종알거리는 순간 조금이나마 잦아드는 듯했다.

취침 시간이었다. 그는 부대원들의 시끄러운 코골이를 청취하며 잠을 설쳤다. 깔끔하게 도려내지 못해 삽날을 여러 차례 내리칠 때 고통스레 진저리를 치던 뱀의 모습이 머릿속을 헤집고 다녔다. 그는 밝기가 쇠잔한 화장실 부스 안에 쪼그려 앉아 맑은 콧물을 줄줄 흘리며 토했다. 물에 불은 창자처럼 시허옇게 용해된 음식물 찌꺼기들이 좌변기 밑으로 가라앉았다. 허리 없는 뱀의 거대한 머리가 직사각형 부스를 기어올랐다. 갈라진 혓바닥을 널름거리며 그의 뒷덜미를 노려보았다. 그가 저지른 과오를 앙갚음하기 위해 찾아온 것일지도 몰랐다. 그는 고개를 돌려 뱀의 실체를 확인할 수 있었다. 허리 없는 뱀의 머리가 금방이라도 그의 뒷덜미를 덮칠 듯했지만, 그는 뱀의 실체를 확인하지 않았다. 웅크린 그의 뒷덜미를 형형한 눈빛으로 지켜보는 허리 없는 뱀의 머리는, 속이 메슥거리는 그가 좌변기 안으로 고개를 들이민 채 걸쭉하게 떠다니는 음식물 찌꺼기를 응시하려 애쓸 때만이, 최소한 그를 내버려두기라도 하듯, 그러한 위태로운 간격을 유지하기라도 하는 듯했다. 그것이 죽은 뱀과의 약속이었다. 약속? 그러나 그는 곧 물을 내리고 침상으로 되돌아갔다. 살갗의 열기가 미지근해지는 동안 스스로를 용서했다.

　　하얀 뱀은 어머니의 구부정한 등줄기를 타고 이동했다. 붉게 얼어붙은 뱀의 눈초리가 어머니의 팔꿈치를 타고 순식간에 미끄러졌다. 어머니는 여전히 서글픈 속삭임을 웅얼거리며 그의 발목을 만지작거렸다. 어머니의 손등을 지나친 하얀 뱀이 마침내 앙상하게 곤두선 그의 복숭아뼈 아래를 깨물었다. 껄떡거리는 아래턱에서 사출된 맹독이 그의 혈관으로 콸콸 쏟아지고 있었을 것이다. 동시에 그는 하얀 뱀의 잔인한 눈동자에 겁먹은 시선, 자신으로부터 유리된 채 뻣뻣하게 굳어가는 육체를 하염없이 방조하는 불능의 시선이었다. 그는 그가 되어야만 했다. 꿈속의 각성은 깨져야만 했다. 그는 자신의 육체를 탈취해야만 했다. 그러나 그는 하얀 뱀을 저지하지 못했으며, 죽어가는 자신을 막연하게 관망하며 소스라치는 유령이 그의 정체였고, 의식불명에 사로잡힌 육체에 매달린 말풍선, 건들거리고 끄덕거리는 말풍선에 불과했다. 너는 너를 버릴 수 없어. 너는 네가 안쓰러워 견딜 수 없어. 너는 네게 하얗게 눈멀어. 지금 여기서 말하는 사람은 누구일까. 어떤 불쾌한 화자가 그의 귓속으로 화끈거리는 숨결을 불어넣는 걸까.

심전도 모니터 안에서 생명의 파형이 규칙적으로 물결쳤다. 하얀 뱀의 살갗으로 채도가 선명한 줄무늬들이 솟아났다. 발목을 물어뜯는 뱀의 아가리가 집요해졌고, 그는 허우적거릴수록 침대에서 멀어져 병실의 창문 쪽으로 이끌려갔다. 매서운 바람에 날리는 눈발이 주차된 차량과 길가의 가로수들을 새하얗게 지웠다. 요란스레 사이렌을 울리는 구급차가 창밖의 풍경을 할퀴며 응급구조센터 현관으로 들어섰다. 주황색 야광 조끼를 입은 구급대원들이 후방에서 환자가 실려 있는 들것을 내렸다. 그는 자신의 육체가 완전히 괴사할 때까지 서리가 자욱한 창밖의 풍경을 바라보았다. 그런 기분이었다. 그는 상상했다. 재앙 같은 폭설이 그치지 않는다.

도심을 향해 광폭하게 난입하는 눈발이 시야에 어른거리는 모든 형체를 철거한다. 눈의 더께가 두꺼워진다. 창밖이 완만하고 냉랭한 눈의 사막으로 변한다.

　　세계를 마취시킨 새하얀 적막 아래서 그는 부패하지 않은 채 영영 갇혀 있다. 집에 틀어박힌 사람들이 유리창으로 날아드는 어두운 날갯짓에 의해 익사한다. 폭설에 잠식된 차량들이 그곳에 탑승한 사람들의 충혈된 눈동자와 함께 결빙된다. 현관으로는 자꾸만 구급차가 도착한다. 폭설을 꿰뚫고 봉쇄된 시야를 굴착하면서 헤아릴 수 없이 계속되는 행렬이다. 그러므로 응급실은 포화 상태에 이르러서도 환자들을 수용해야만 한다. 사이렌 소리가 창틀을 진동시킨다. 붐비는 응급실은 풍경의 굴곡을 평탄화하는 눈발 안쪽의 비밀스러운 지하 세계에 위치한다. 수다스러운 비명이 벽돌처럼 견고한 눈의 더께에 가로막혀 들리지 않는다. 그는 그곳에 누워 있다. 메아리가 금속 파편처럼 귓속을 굴러다닌다. 온몸을 휘도는 혈액이 녹아드는 뱀의 독에 의해 차츰 검붉게 응고되었을 것이다.

　　그의 육체가 견지하는 망연자실한 수동성이 하얀 뱀의 가죽을 화려하게 채색하고 있었을 것이다. 그가 훗날 깨달았듯이, 흰 벽과 흰 벽이 미로처럼 조밀하게 엇갈리는 듯한 무기력함 속에서도 모종의 관능적인 뉘앙스가, 혓바닥에 맴도는 피를 맛볼 때의 비릿한 실감이 고갈되지 않은 채로 남아 있었다. 하얀 뱀은 그 미약한 실감을 착취하면서 언제부턴가 그의 무릎 아래에서 똬리를 틀고 있는 무지갯빛 소용돌이가 되어 있었다. 후진한 구급차가 폭설 속으로 멀어졌다. 누군가를 데리러 가는 모양이었다. 사이렌 불빛이 긴 꼬리를 그리며 사라진 건널목 맞은편에 녀석이 서 있었다. 언제부터 거기서 눈을 맞고 있었던 걸까? 모가지를 떨어뜨린 녀석이 도로를 건넜다. 등잔과 갈기에 눈이 망토처럼 수북하게 쌓여 있었다.

　　녀석은 마치 산책을 하는 것 같은 한가로운 걸음걸이로 눈보라 속을 통과했다. 입김이 주둥이로 휘날렸다. 눈에 덮인 보도블록 위로 녀석의 발굽이 푹푹 빠졌다. 녀석은 사나운 바람에도 비틀거리지 않았으며 박차를 매달거나 기수를 태우지도 않은 상태였다. 윙윙거리는 눈보라가 녀석을 매질하듯 사정없이 몰아쳤다. 그러나 그때 녀석에겐 혹독한 날씨를 개의치 않는, 그것이 침해하지 못할, 과장을 보태 녀석을 막아서려는 시도를 단호하게 굴절시키는 의젓하며 강건한 침묵이 깃들어 있었다. 폭발할 듯한 에너지로 충만한 억제된 것. 훗날 녀석이 활주로를 자유롭게 뛰어다닐 때와 달리, 혹은 그때와 같이, 그때는 달리고 지금은 걸으며, 들끓는 충동을 억지로 짓누르거나 통제하지 않아도 그것이 자립적인 신체의 형식으로 축성되는 숙연하고 귀족적인 분위기가 꿈속의 녀석에게는 있었다. 녀석은 마치 거리를 가늠하듯 고개를 치켜들고 창문을 올려다보았다. 그는 어딘가에서 죽음이 한 마리 말의 형상으로 찾아온다는 사실을 들은 기억이 났다. 녀석이 머리로 유리문을 밀치며 병원 현관으로 입장했다. 이번에 그는 병실까지 걸어오는 녀석의 모습을 상상하기 시작했다.

　　대기석 의자가 줄줄이 비어 있다. 로비를 지키던 당직자는 졸음 때문에 흐리멍덩한 시선 속에서 물을 뚝뚝 흘리며 계단으로 올라서는 녀석의 뒷모습을 바라본다. 당직자가 눈을 비빈다. 녀석은 감쪽같이 증발하는 허깨비처럼 어둠에 포섭되어 당직자의 이목을 잡아끌지 못한다. 흥건한 물기가 녀석이 다녀간 경로로 구불거리며 이어진다. 의사들이 심장이 멎은 환자의 셔츠를 헤친다. 판판한 제세동기 전극을 젤이 발린 가슴팍으로 가져간다. 환자의 몸이 들썩거린다. 재와 먼지로 더럽혀진 소년의 얼굴에 하얀 시트가 씌워진다. 두드러기 때문에 얼굴이 울긋불긋한 여자가 소년을 향해 눈을 부릅뜬다. 휑뎅그렁한 복도가 또각거리는 말발굽 소리를 묵직한 저음의 반향으로 주저앉힌다. 병실에서 청회색 불빛이 유출된다. 난청이 심한, 흘러나오는 목소리를 거의 알아듣지 못할 할머니는 왜 늦은 시각까지 텔레비전을 시청하고 있을까? 눈이 반쯤 감긴 아이가 짤랑거리는 스테인리스 거치대를 끌고 화장실에서 돌아오는 길에 녀석을 만난다. 몽유하듯 녀석을 스쳐간다.

그는 녀석을 기다렸다. 당직 간호사가 병실을 살피러 들어왔다. 어머니는 간이침대에 몸을 외로 누인 채로 잠들어 있었다. 녀석이 병실 문틈 사이로 모가지를 내밀었다. 순박하고 공허한 눈망울이었다. 그때 녀석이 바라봤던 대상은 그의 육체와 영혼 중 어느 쪽이었을까. 그는 기억나지 않았다. 혹은 녀석이 한꺼번에 둘 모두를 바라보았고, 그는 녀석의 무감한 응시 속에서 하나의 대상으로 포개져 있었다. 그는 팔랑거리며 낙하하는 깃털처럼 아래로 착지했다. 침대에 부드럽게 눕혀졌다. 녀석의 커다란 몸뚱이가 병실 한가운데를 점

거했다. 그가 자신의 육체와 온전히 합치되기 직전이었
다. 그는 손을 들어 녀석의 물컹한 들창코를 살짝 꼬집
었다. 양쪽 눈 사이의 오목한 미끄럼틀을 어루만졌다.
체온이 따뜻했다. 푸르릉거리는 콧김이 그의 손등으
로 번졌다. 그는 녀석을 만질 수 있다는 사실에 감격했
다. 녀석이 머리를 돌렸다. 당직 간호사를 따라 병실을
나갔다. 무지갯빛 뱀이 스르르 똬리를 풀고 침대 아래
로 내려와 녀석의 뒤를 쫓아갔다. 발밑으로 뱀의 허물
이 남겨졌다. 그것은 탈피한 뱀의 형체를 그대로 유지
한 채 말라붙어 있었다. 손으로 짚으면 버석거리다 하
얀 가루처럼 산산이 흩날릴 것만 같았다.

*

  그에게는 약속을 지켜야만 한다는 감각이 있었
다. 일전에 녀석이 그를 찾아왔다는 사실에 대한, 그러
니 이번에는 그가 녀석을 만나기 위해 공항으로 가야
한다는 부조리한 의무감. 곤란한 독촉에 시달리는 사람
의 심정 같은 것. 어느 나라로 가십니까. 기사 할아버지
가 물었다. 창백한 햇볕이 흐트러진 먹구름 사이로 가

물거렸다. 비가 내릴 모양이었다. 약속이라는 말은 너무 이상하지. 그는 생각했다. 그것은 한밤의 백일몽 속에서 출현한 녀석의 도플갱어와, 머릿속에 남은 개인적인 이미지와 맺은 약속일 뿐이었다. 그런데도 이 약속을 정당하게 수행해야 한다는, 최소한 그것을 저버리지 말아야만 한다는 근거 없는 조바심이 그를 공항으로 이끌고 있는지도 모르겠다. 그가 지키고 싶었던 것은 약속이 아니라 약속이 성립되었다는 사실 자체인지도 모르겠다.

택시는 길목마다 신호에 걸렸다. 활주로로 나가려면 중간에 있는 출입국 심사대를 거쳐야만 했다. 그에게는 목적지가 적힌 티켓과 패스포트가 필요했다. 활주로에 볼일이 있다고요. 금방 다녀올게요. 그렇게 우기면서 출국 절차를 생략할 수는 없는 노릇이었다. 그가 녀석과 실체적인 인연이 있는, 기수나 조련사, 하다못해 마사회에 소속된 직원이었다면, 예컨대 '말 실종 사건'을 조사할 자격이 있는 사람이었다면 문제가 간단히 해결되었을 텐데. 말을 찾으러 왔어요…… 말을 데리러 왔다고요. 입장을 허락하지 않는 공항 관계자들을 상대로 이렇게 애원할 수는 있을 것이다. 그러나 그는 무엇이 가능한 일인지 혹은 불가능한 일인지를 명확하게 구별할 수 있었다. 그가 녀석과의 관계를 증명하기 위해 내밀 수 있는 서류란 그가 꿨던 백일몽의 내용이 적힌 어처구니없는 일기장에 불과하지 않은가. 어디로 가려는 건 아니고요. 공항에 볼일이 있어요. 그는 잠시 뜸을 들이다 그렇게 대답했다.

  그는 기사 할아버지의 집게손가락 사이에서 넓어지는 내비게이션 화면을 바라보았다. 교통 체증을 의미하는 붉은 선분들이 공항까지 이어진 경로의 몇몇 구간을 차지했다. 그런데 비행기 시간은 괜찮소? 이번에 기사 할아버지는 그가 누군가를 배웅하거나 마중하기 위해 공항에 가는 길이라고 판단한 모양이었다. 백미러에 비친 기사 할아버지의 금테 안경이 눈에 띄었다. 광장에서 시위가 벌어졌다. 비닐 우의를 입은 사람들이 깃발을 치켜들고 거리를 행진했다. 그들의 아우성이 실내에 윙윙거리는 것처럼 나지막하게 감돌았다. 기사 할아버지가 운전석 창문을 열었다. 목소리가 순식간에 증폭되었다. 침침한 창밖으로 미간을 찌푸린 사람들의 얼굴이 떠내려갔다. 메시지, 소망, 분노, 결렬된 약속. 나도 오늘 일만 아니었다면 저기 나갔을 거요. 기사 할아버지가 목에 핏대를 세운 채 창밖의 구호에 목소리를 보탰다. 나는 죽을 때까지 돈을 벌어야 한다오. 기사 할아버지는 가끔 대낮에도 깜빡 잠드는 순간이 있다고 했다. 얼마 전에도 시속 몇십 킬로미터로 달리는 운전석에서 깜빡 잠드는 바람에 큰일을 치를 뻔했다고 했다. 내가 처음으로 피아노를 치고 있었소. 나는 아름다웠소. 택시가 길을 우회했다. 차량들이 회전교차로에서 굼뜨게 이동했다.

　사고 당시 그와 동승한 남자도 기사 할아버지와 비슷한 금테 안경을 쓰고 있었다. 창가 좌석이었다. 남자는 무릎에 놓인 경마 잡지를 뒤적거리며 경주마들의 명단과 기록이 적힌 도표에 반복해서 동그라미를 쳤다. 헐렁하고 후줄근한 감색 코트를 입고 있었다. 감지 않아 기름진 머리카락에 몸집이 뚱뚱했다. 남자는 집중한 모양인지 입술을 샐쭉하게 오므린 채 페이지 여백에 쐐기 모양의 알쏭달쏭한 부호들을 적었다. 쿰쿰한 냄새와 자세가 불편한지 끊임없이 부스럭거리는 동작 때문에 참기 힘들었으나 그는 따로 내색하지 않았다. 시외버스 안에 남은 좌석이 있었기에 그는 얼마 지나지 않아 자리를 옮겼다.

그는 남자의 몰입한 표정, 주위를 전혀 의식하지 않는 것 같은 태도, 어눌한 손으로 제 정수리를 사납게 긁어대는 동작 같은 것들을 차례로 기억해냈다. 남자의 손에서 실타래처럼 풀려나오는 낙서 같은 부호들은 수식이나 문장이라고 부르기에도 애매했다. 남자의 관심은 잡지 속의 도표에 한정되지는 않았다. 왼쪽 허벅지에 손바닥 크기의 수첩이 펼쳐져 있었다. 곁눈질하니 경주마들의 가계, 태어난 농장, 체형과 성격과 부상 이슈 따위를 상세하게 기록한 프로필이었는데, 남자는 쉬지 않고 잡지와 프로필 사이를 왕래하며 무언가를 계산하는 것처럼 보였다. 모든 일이 벌어지고 난 뒤 그는 당시 남자가 무엇을 하고 있었는지에 관해 자주 생각했다.

버스가 덜컹거렸다. 뒤따라 달려오던 승용차가 시외버스의 측면을 들이받았을 때 남자는 거기 있었고, 다음 순간 그는 깨진 금테 안경 너머로 눈을 부라리는 남자의 확대된 동공을 마주했다. 그때부터 유리창 같은 투명하고 매끈한 표면을 바라볼 때마다 그것의 균열이 만들어내는 무늬가 연상되곤 했다. 날아든 돌멩이처럼 들이닥치는, 혹은 한 지점에서 점차 표면의 사방으로 증식하는 거미줄 같은 균열의 연쇄가. 그는 눈을 감았다가 떴다. 택시가 도심을 빠져나왔다. 한동안 택시는 수월하게 도로를 질주했다. 기사 할아버지는 교통 체증이 지겨웠는지 힘차게 페달을 밟았다. 그는 항공권 구매 어플로 티켓을 검색했다. 가까운 나라로 향하는 티켓을 예매했다. 기사 영상 몇 개를 더 열람했다. 어두컴컴한 폐쇄회로 영상 속에서 푸른 동그라미로 표시된 녀석의 음영이 활주로를 쏜살같이 가로질렀다. 경마를 좋아하시는 분이라면 한 번쯤 이 말에 대해 들어보셨을 텐데요. 앵커가 말했다. 기사 할아버지는 자신의 딸에 관한 하소연을 시작했다. 그는 기사 할아버지가 마음껏 말하도록 내버려두었다. 가끔 건성으로 추임새를 넣었다. 사고의 순간 남자는 본능적으로 경마 잡지를 움켜쥐었던 것 같다. 그때의 인상이 무의식 속에 보관되었다가 꿈속의 녀석으로 변형된 것은 아니었을까.

그때 남자는 허공을 향해 속닥거리듯 혼잣말을 했다. 쯧쯧거리며 혀를 차는 기이한 소리를 냈고, 심지어는 손바닥으로 제 뺨을 내리치기도 했다. 남자는 그날의 우승마를 가려내려 했을 수도 있다. 스도쿠나 지뢰찾기 게임을 하듯, 경주마들의 성적과 분배된 배당금 사이에서, 경주마들의 프로필에 적혀 있는 사소하며 다양한 정보를 조합해 어떤 유의미한 패턴이나 규칙성 같은 것을 솎아내려 했을 수도 있다. 배당률을 배후에서 조종하는 마사회의 음모론적인 비밀에 관한, 혹은 개별적인 경주마의 성격과 사적 역사에서 발현되는 우승마의 조건을 판별하기 위한 덧없고 어지러운 이야기들을 작성했을 수도 있다. 돈을 따기 위해, 권태로워서, 시간을 때우기 위해, 그저 제 어리석음에 열광적인 사람이어서? 내내 진땀을 흘리던 남자는 마지막에 쩍쩍 손뼉을 치며 웃음을 터뜨렸다. 요란하게 콧방귀를 뀌는 것 같은 게걸스러운 웃음이었다. 그때 남자는 경주마들의 생애를 산출하는 공식을 찾아내는 일에 성공했던 걸까?

택시가 터널 안으로 진입했다. 주황색 표지등이 일정한 간격으로 시야의 가장자리를 스쳤다. 그는 터널 천장에서 돌아가고 있을 거대한 프로펠러를 상상했다. 절그럭거리며 공중을 속절없이 자르는 프로펠러. 터널 바깥으로 나오자 폭우가 전방의 유리창을 두들겼다. 와이퍼가 춤을 추며 넘쳐흐르는 물보라를 걷어냈다. 생각, 회상, 불안, 산만한 인상들의 교차로에서 기사 할아버지는 딸에 관한 이야기를 멈추지 않았다. 아빠가 잘못했어. 아빠가 나를 이렇게 만든 거야. 내게 이글거리는 눈으로 그렇게 말했소. 나는 딸에게 사과할 기회를 빼앗기고 말았소. 내 잘못이 네가 뜻하는 그 잘못이 맞느냐고 물어볼 기회를 말이오. 나는 내 후회의 목록을 머릿속에 줄줄이 늘어놓고도 그중에서 진실한 잘못이 무엇인지에 대한 해답을 제출하지 못하겠소. 나는 잘못한 게 없어. 나를 탓하지 마라. 안 되는 건 안 되는 거야. 내가 이렇게만 대답하는 사람이었던 게 가장 큰 잘못이었던 것 같소.

녀석은 부계와 모계 모두에게서 우수한 유전자를 물려받았다. 그런 특별한 종마를 사육하는 호화로운 농장에서 어린 시절을 보냈다. 녀석에게는 드넓은 방목장과 깨끗한 마장 시설이 제공되었을 것이다. 경력이 풍부한 수의사들, 슬기롭고 다정하며 유능한 조련사들이 녀석을 포함한 농장의 어린 말들을 관리했다. 녀석은 매주 발육 상태와 성장률을 측정하는 체계적인 경주마 양성 시스템의 혜택을 받았다. 당세마 시절부터 녀석의 체고와 근육량은 비슷한 혈통을 공유하는 농장의 형제자매들을 상회하기 시작했다. 이때부터 녀석의 눈부신 미래에 눈독을 들이는 투자자들이 생겨났다.

잘 키운 씨수말의 정액 한 방울이 다이아몬드

한 캐럿에 비유된다는 것은 널리 알려진 사실이다. 우수한 성적을 거두고 퇴역한 뒤 씨수말로 활약하게 된 명마의 교배료는 해당 말에 투입된 몸값을 전부 회수하고도 두세 배, 많게는 몇십 배의 수익을 가뿐히 넘어선다고 했다. 이에 더해 실린더에 담겨 해외 각지로 팔려나가는 동결정액의 숫자를 고려한다면 걸출한 씨수말 한 마리를 통해 거둬들이는 미래의 자산가치는 상상을 초월하게 된다. 명마는 명마의 공장이다. 유전적 선별과 육종育種을 신봉하는 종마 산업은 누대에 걸쳐 건강과 혈통을 거래하며 규모를 증가시켰다. 최근 들어 재테크의 수단으로도 이용된다. 코인이나 주식, 부동산, 금이나 미술품을 살 수도 있지만 같은 돈으로 유능한 씨수말의 정액 한 팩을 구입한 뒤 건강한 암말의 포궁을 대여해 앞날이 창창한 어린 경주마를 생산할 수도 있다. 명마의 정낭에는 웬만한 빌딩 한 채 가격으로 성장할 잠재적인 명마의 후손들이 수억 마리씩 헤엄친다. 왕성한 활동성을 자랑하며 제 선조들의 통통한 음경을 뻐근하게 만든다. 인지도가 높고 능력이 뛰어난 명마는 해당 말의 소유주에게 번창하는 부를 가져다주는 원천으로 작용한다.

우월한 경주마의 자식은 우월한 경주마로 태어날 확률이 높다. 선천적인 뇌병변을 앓는 말의 자식은 선천적인 뇌병변을 앓을 확률이 높다. 그러나 수백 세대를 거쳐 종마를 개량하는 과정이 계속됨에도 불구하고, 그 과정에서 태어난 평균적인 말들의 주력이 비약적으로 상승했음에도 불구하고 그저 그런 말들이나 결함이 있는 말들은 꾸준히 태어나 도살장으로 향하거나 안락사의 길을 걷는다. 매수한 말이 준마로서의 일정한 명성을 갖추기까지 수많은 리스크를 감수해야 한다는 뜻이다. 선별된 암말과 씨수말이 교미에 성공한다고 해서 착상된 태아가 언제나 초기 비용을 복구할 수 있는 늠름한 종마로 자라나는 것도 아니다. 막대한 교미료를 지불하고도 불구나 치명적인 유전적 질환을 갖고 태어나는 경우가 있고, 임신한 암말이 사망하거나 유산하는 경우가, 경주나 마장마술에 적응하지 못하는 말들이, 훈련이나 경기 도중 부상을 입고 은퇴하는 말들이, 성질이 난폭해 씨수말이 되기도 전에 생식기를 거세해야만 하는 말들이 있다. 황금알을 낳는 거위라고 믿었던 정액 한 팩이 그릴 위의 고깃덩어리가 되는 과정은 말 한 마리의 전체 생애에 상응한다.

녀석처럼 혈통이 남다른 말들은 출생할 당시부터 이미 얼마간의 기대 몸값이 책정된다고 했다. 짚단 위에서 양수를 뒤집어쓴 채 바닥을 딛기 위해 안간힘을 쓰고 있을 때조차 이미 녀석은 자신을 수태하기 위해, 자신의 탄생을 보조하거나 독려하기 위해 지출된 비용을 제 어깨에 짊어지게 된다. 말들이 보통 경매시장에 나오는 한 살 무렵 녀석에 관한 최초의 모국어 기사가 등장했다. 마사회에서 녀석을 75만 달러에 입찰했다는 소식이었다. 현재 녀석의 몸값은 2천3백만 달러를 호가한다. 녀석의 실종으로 인해 2천3백만 달러가 지상에서 감쪽같이 증발했던 셈인데, 예컨대 녀석의 소유권을 지분으로 나눠 가지고 있는 마사회의 투자자들은 하룻밤 사이에 2천3백만 달러를 탕진하는 비극을 겪어야 했을 것이다.

녀석이 해외 그랑프리에 출전해 헤어진 형제자매들과 재회하기까지 꼬박 1년이 소요되었다. 녀석은 자신에게 걸린 기대를 근사하게 만족시키며 빠른 속도로 전성기에 도달했다. 페가수스컵은 훗날 녀석의 역량이 정점에 이른 시기라는 평가를 받은 경기였다. 녀석이 유수의 챔피언 후보들을 물리치고 우승 트로피를 쟁

취하는 동안 기수는 굳이 마편을 휘둘러 녀석을 다그칠 필요도 없었다고 했다. 다음 등수로 결승선을 통과한 말과 녀석의 초당 기록은 견줄 수준조차 아니었다. 최고의 말이에요. 녀석을 타고 바람을 가를 수 있다는 사실이 경이로워요. 기수가 말했다. 녀석은 강인하고 고고하며 단순합니다. 끝없이 달릴 줄밖에 몰라요. 저는 고삐만 잡고 있으면 됩니다. 곧 트로피를 가져다줄 테니 까불지 마. 그냥 자리만 지키라고. 녀석의 심장이 그렇게 읊조리면 저는 녀석을 믿고 기다리면 되거든요. 짐짝으로 여겨지지 않으면 다행이죠. 녀석은 역사에 남을 경주마가 될 겁니다. 저는 감사하게도 역사의 등짝에 올라탄 셈이죠. 기수는 텔레비전 인터뷰에서 입에 침이 마르도록 녀석의 능력을 칭찬했다.

　　녀석이 각종 대회에서 기세를 떨치던 3세마 시절에는 마사회가 우수 씨수말 확보 프로젝트로 벌어들이게 될 기대 수익이 초기의 예상 수치를 아득히 추월해 가파른 상승 곡선을 그리기 시작했다. 여전히 컨디션이나 피로도에 따라 엎치락뒤치락하며 녀석과 챔피언 타이틀을 놓고 경쟁하는 후보들이 있어 가끔 순위권에서 미끄러지기도 했지만 어쨌든 녀석은 당대 최고의 경주마들 가운데 당당히 이름을 올렸다. 그는 녀석의 성공담에 관한 모든 호들갑이 과장되어 있다고 생각했다. 그가 꿈속의 녀석을 그리워하는 이유는 녀석이 달성한 성과와는 무관했다. 그러나 녀석이 당대 최고의 경주마가 아니라 어딘가 은폐된 장소에서 도축되는 병든 퇴역마였다면 그가 어떻게 꿈속의 녀석을 알아볼 수 있었을까? 그는 녀석의 영광이 아니라 녀석의 존재를 걱정했다. 그럼에도 녀석의 우승 소식을 열람할 때 가슴에 차오르는 희열과 자부심을 부인하지는 못했다.

　　무슨 생각을 그렇게 골똘히 하는 거요. 기사 할아버지가 산통을 깨뜨리며 그의 몰입을 방해했다. 내 말을 무시했군. 너무하오. 그는 당황스러운 기분이었다. 무시한 건 아니에요. 그는 거짓말을 했다. 그러면 내가 무슨 이야기를 했는지 말해보시오. 내 딸이 뭐 어떻게 됐다고? 손님께서 내 말에 귀를 기울이지 않는다면 나도 손님을 공항까지 태워다줄 수 없소. 장난인지 진심인지 헛갈리는 엄격하고도 유감스러움이 묻어나는 말투였다. 죄송해요. 그는 엉겁결에 사과를 했다. 화를 내거나 따졌어도 좋을 타이밍이었다. 이제부터 잘 들을게요. 그러나 이렇게 대답하는 방식으로 자신의 태도를 정립하고 말았다. 약속한 거요. 내 이야기가 손님께 도움이 될 수도 있잖소.

안개 속에서 비를 맞는 첼로 모양의 주탑 아래로 대교를 통과하는 차들 전부가 옴짝달싹하지 못했다. 교통 체증이 다시 시작되었다. 쌀알이 들어 있는 헝겊 주머니를 마찰시키는 것 같은 빗소리가 차라라, 차르르, 차라라, 치르르. 창밖 풍경이 흐르는 빗물에 의해 허물어졌다. 대교 너머의 바다가 보이지 않았다. 택시는 유동하는 물의 줄무늬들 속에 고립된 것만 같았다. 대형 트럭이 전방에서 차선을 변경했다. 트럭은 후방 적재함에 지름이 몇 미터나 되는 거대한 파이프들을 싣고 있었다. 신경질적인 경적이 빗소리 사이로 뾰족하게 도드라졌다. 꽁무니에 붙은 미등이 깜빡이며 붉게 이지러졌다. 시야가 적재함에 온전히 가려졌다. 피라미드 모양으로 정연하게 쌓인 은색 파이프들은 크기만으로도 위압감을 주었다. 특별한 이유 없이도 균형이 붕괴해 모든 파이프가 트럭 아래로 곤두박질할 것만 같았고, 아찔한 규모의 가지런함은 종종 모든 것이 산산이 해체될 것만 같은 현기증과 닮아 있었다. 녹슨 마후라에서 매연이 펄펄 피어났다.

녀석의 생애에도 두 번 정도의 위기가 있었다. 경마 대회들 가운데 단연 상징적인 위상을 가지고 있는 개선문상을 두고 중국산 경주마인 칭코, 프랑스산 경주마인 피에르 살랑주와의 접전이 예고되어 있었다. 칭코와 피에르 살랑주는 경주마 레이팅 순위에서 녀석과 박빙을 다투는 날쌔고 튼튼한, 그러나 녀석보다는 조금 늙은 말이었다. 붉은 말인 칭코는 직선 주로에서의 순간 시속으로만 비교하자면 범접할 말이 없었다. 검은 말인 피에르 살랑주는 투지와 승부 근성이 압권이었다. 그럼에도 경마 팬들은 대개 녀석의 우승을 점쳤는데, 칭코와 피에르 살랑주는 이미 한 번씩 녀석에게 트로피를 상납한 전적이 있었고, 한두 가지 사소한 장기를 제외한 나머지 모든 부분에서 녀석이 그들을 능가한다는 관측이 지배적이었기 때문이다. 녀석에게 패한 날 칭코와 피에르 살랑주는 각각의 마장에서 배가 아픈 듯 끙끙거리다 어마어마한 양의 똥을 쌌다고 했다. 말똥 속에 지렁이를 닮은 기생충 수십 마리가 무더기로 죽어 있었다고 했다. 개선문상 더비를 흥미롭게 관전할 준비를 마친 사람들은 칭코와 피에르 살랑주가 녀석을 꺾고 자신이 겪었던 참패를 보기 좋게 설욕하기를 바랐다.

아니면 녀석이 열등감에 창자가 배배 꼬인 그들의 코를 납작하게 눌러주기를 바랐을 수도 있고. 아무래도 상관없는 일이었다.

　　결전의 날이 밝았다. 녀석을 돌보며 해외 각지를 순방하던 매부리코 마부는 경기 당일 녀석의 컨디션이 좋지 않았다고 말했다. 주름진 윗입술을 까뒤집으니 잇몸에 염증이 생겨 있었고, 입가에는 밤새 토한 거품이 하얀 분말로 졸아붙어 있었다. 메디컬 체크에서 녀석의 혈압 수치는 정상이었다. 그러나 매부리코 마부는 녀석의 자신감이 눈에 띄게 하락한 상태이며, 아침 보행 훈련에서 좌시할 수 없는 쇠약감이 감지된다고 말했다. 구내염. 컨디션 상태는 형편없음. 그러나 녀석은 지금껏 구내염과 같은 작은 질병이나 갑작스러운 컨디션 난조를 여러 차례나 극복한 터였다. 매부리코 마부는 마구를 씌우며 기수에게 조언했다. 오늘은 예전과 다를 수 있습니다. 불길해요. 이상 증세를 보이면 즉시 기권하세요. 기수는 매부리코 마부의 조언에 익숙했다. 매부리코 마부는 괜스레 목소리를 내리깔며 상황을 심각하게 부풀리는 경향이 있었다. 저도 녀석이 다치는 걸 바라지 않습니다. 살살 할게요. 녀석의 알 수 없는 눈망울이 그들을 응시하고 있었을 것이다.

스타트 신호가 떨어진 뒤 녀석은 경기장 한 바퀴를 전속력으로 주파했다. 매부리코 마부의 조언이 무색할 지경이었다. 그날 경기는 여러 면에서 경마 팬들을 실망시켰고 또 열광시켰다. 녀석의 몸값이 이전과 비교되지 않을 정도로 급격하게 치솟는 계기가 되기도 했다. 일단 실망스러운 점. 심장이 쫄깃한 라이벌 매치를 기대하던 사람들에게 말들이 단체로 태업을 선언한 듯했다. 순위와 기록이 뒤죽박죽이었다. 그날 칭코는 일찌감치 후방으로 밀려났으며 제 장기인 직선 주로에서조차 저조한 모습을 보였다. 전혀 순위권에 근접할수 없으리라 여겨졌던 6세마 두 마리가 각각 2착과 3착을 기록했다. 보신주의에 빠진 말들은 노인 공경에 나선 것처럼 늙은 말들의 꽁무니를 안일하게 추격할 따름이었다. 불법 도박 사이트에서 자포자기 상태로, 혹은 일확천금의 헛꿈을 기대하며 늙은 말들에 베팅한 몇몇 사람들은 이날 고배당의 환희에 근접했다 한 끗 차이로 행운을 잃어버리고 말았다.

개선문상의 권위에 먹칠하려 작정한 듯한 말들의 기행과 더불어 경주마들의 인도적인 처우를 주제로 오래도록 회자될 놀라운 일도 있었다. 피에르 살랑주의 심장 수축을 감지한 일본인 기수가 4코너 지점에서 돌연 경기를 중단했다. 녀석과 치열한 접전을 벌이던 와중이었다. 자신에게 베팅한 사람들을 엉덩이로 빈정거리듯 유유히 속력을 줄이던 피에르 살랑주는 곧 경마장에서 퇴장한 뒤 의료팀에 인계되었다. 이날의 경기 이후 피에르 살랑주는 기나긴 휴양에 들어가고, 1년 후 경기에 복귀해 5착을 기록한 뒤 경마장에서 완전히 은퇴하게 된다. 심장 수축의 징후를 안장에서 느낌으로 파악한 것만으로 경기 중단 및 퇴장이라는 과감한 선택을 한 일본인 기수는 나중까지 피에르 살랑주와의 돈독한 관계를 유지하며, 훗날 퇴역마들의 복지 향상과 식용 도축에 반대하는 동물권 활동가로 변신하게 된다. 많은 사람이 일본인 기수의 선택에 지지와 찬사를 보냈다. 일본인 기수에게도 이날의 경기가 삶의 노선을 수정하는 결정적인 계기가 되었다고 했다.

한편 녀석은 이런 경기 전반의 혼돈에 개의치 않고 제 역할을 묵묵히 수행했다. 그는 녀석이 개선문 상을 차지하는 순간에 찍힌 사진을 기억했다. 경주마들이 일으킨 흙먼지를 배경으로 선두에 서서 기함하듯 입

을 벌린 채 허공을 들이받는 녀석의 콧구멍에서 붉은
피가 줄줄 새고 있었다. 피가 앞가슴을 흠뻑 적실 정도
였다. 폐출혈이 발생한 경주마들이 뒤로 처져 기권하거
나 부진한 성적으로 경기를 마무리하는 것과 달리 녀석
은 일종의 투혼을 발휘했다. 혈관이 터져 극심한 통증
에 시달리면서도 사력을 다해 경마장을 질주했음을 증
명하는 사진이었다. 말이 코피를 흘리는 것을 깨달았을
때 기수는 고삐를 팽팽하게 당기며 녀석의 무모한 질
주를 어떻게든 막아보려 했다. 자칫하면 목숨이 위험할
수도 있는 상황이었다. 기수의 입장에서도 미래가 창창
한 값비싼 말이 경기 도중에 사망하는 것은 상상하고
싶지 않은 일이었다.

　　그러나 녀석이 간직한 불굴의 의지가 기수의 명
령을 굴복시켰다고 했다. 폐혈관이 찢어지고 척추가 바
스러질 때까지 전방으로 질주하기를 원하는 강렬한 요
구를 느꼈고, 그때부터는 요행을 바랄 수밖에 없었다.
죽음을 불사한 채 차안대가 가리키는 과녁의 중심을 향
해 광폭하고 맹목적으로 내달리는 말의 이미지. 작열
하는 피, 흥분한 녀석의 담청색 육체에서 울룩불룩하게
팽창하는 힘줄들. 이날의 경기로 녀석의 몸값은 기존의

상승세를 초과해 천정부지로 치솟기 시작했다. 생명이
죽음과 대결하는 것, 피를 흩뿌리며 고통의 한가운데를
꿰뚫고 나아가는 목숨을 건 도약 같은 것, 죽음과의 정
직하고 결사적인 관계 속에서 생명이 표출하는 긍지를
포기하지 않을 때 생명이 그것을 산화하는 죽음과 어우
러지며 찬란하게 불타오른다는 것. 천정부지로 치솟는
몸값이란 녀석으로 말미암아 개시되는 탐미적인 스펙
터클을 향해 바쳐지는 헌금이기도 했다.

　　기사 할아버지의 딸은 고등학교를 졸업한 뒤 집
을 나갔다고 했다. 서울 변두리에 있는 원룸텔에서 자
취하며 공시를 준비했다. 나는 공시가 핑계라고 생각했
소. 나와 따로 생활하기 위한 핑계 말이오. 기사 할아버
지가 말했다. 나는 애초에 그 애가 공부할 만한 머리를
갖고 있지 않다고 생각했소. 세상엔 공부에 특화된 많
은 사람이 있는데 어떻게 내 딸이 많은 사람을 뚫고 관
문이 바늘구멍인 그 시험에 합격할 수 있겠느냐는 거
요. 내가 아는 딸은 끈기라곤 없었다오. 학교에 다닐 때
도 미적거리며 책상에 엎드려 낙서나 끄적이던 아이였
지. 기사 할아버지의 딸은 2년 동안 편의점 야간 아르
바이트를 하며 생계를 꾸렸다. 퇴근한 아침에 가끔 본

가로 들어와 남은 짐을 천천히 챙겨 갔다고 했다. 그날
도 그 애가 겨울 외투 몇 벌을 가지러 왔더이다. 한 번
에 짐을 가져가면 될 것을. 나는 그 애가 일부러 거슬리
게 집을 들락거리고 내 주위를 얼쩡거리며 나를 책망하
고 있다고 생각했소.

　　나는 그 애가 바깥에서 뭘 하고 다니는지 몰랐
소. 답답하고 가끔은 한심했다오. 그랬으니 딸이 공시
에 매진하지도 않으면서 전망도 없는 편의점 아르바이
트 따위로 삶을 낭비하고 있으리라고 생각했지. 말로
표현하지는 않았지만, 젊음을 허투루 방기하는 일이며
공시에 자꾸 탈락하는 책임을 내게 전가하고 있다고 생
각했소. 집을 드나드는 딸의 존재가 나를 불합리하게
질타하는 것 같았다오. 나는 사과를 해야만 했지. 그러
나 그때는 내게 잘못을 강요하는 듯한 딸의 태도에 모
멸감과 수치심을 느꼈소.

　　기사 할아버지는 딸의 방문을 밀치고 안으로 들
어갔다고 했다. 딸은 기사 할아버지를 쳐다보지 않았
다. 입을 다문 채 두꺼운 패딩과 코트 몇 벌을 캐리어
안에 집어넣었다. 외투의 부피 때문에 지퍼가 잠기지
않았다. 딸은 패딩과 코트를 다시 꺼내 그것들을 흐트

러뜨렸다. 패딩과 코트를 다른 방식으로 정갈하게 개어 캐리어 안에 깔았다. 지퍼는 여전히 잠기지 않았다. 피로에 절어 몽롱한 표정으로 그런 바보 같은 짓을 반복하며 외투를 캐리어에 넣는 일 하나를 제대로 하지 못하는 그 애의 모습에 화가 치밀었다오. 집으로 돌아와라. 안 되는 건 안 되는 거야. 기사 할아버지의 딸은 풀어헤친 외투를 멍석처럼 둥글게 말아 캐리어 안에 차곡차곡 쌓았다. 캐리어는 닫히지 않았다.

어떻게든 압축해 부피를 줄이려고 애쓰면 그것들을 전부 캐리어 안에 넣을 수도 있었을 것이오. 생각해보면 그때는 연말이었고 날이 싸늘했는데 그 애는 얇은 바람막이 차림이었소. 내 분노에 미량의 슬픔과 안타까움이 첨가되어 있었다는 말이오. 나는 딸의 멍청함이 끔찍하게 슬펐소. 거짓말이오. 나는 딸의 멍청함을 내 눈앞에서 치워버리고 싶었을 뿐이지. 나는 다가가 딸의 어깨를 붙잡았소. 딸은 기겁하며 기사 할아버지를 뿌리쳤다. 나는 더 강하게 딸의 어깨를 끌어당겼지. 기사 할아버지가 말했다. 내가 부들거리는 딸을 진정시킬 수 있으리라고 생각했거든. 그 애는 내게서 놓여나려고 했겠지만 나는 내게서 놓여나려는 딸의 시도까지를 진정시킬 수 있으리라고 생각했지. 그때는 내가 옳았으니까, 딸의 신경질적인 반응 자체가 그 애가 자신의 감정을 이성적으로 조절하지 못하는 병이 있기 때문이라고 판단했던 거요. 내 손아귀에서 강낭콩 크기의 심장이 미친 듯이 박동하는데 나는 그 박동을 제지하기 위하여 심장을 감싸고 있던 딱딱한 상자를 힘껏 움켜쥐었던 거지.

치켜뜬 딸의 눈동자가 깨어질 것처럼 맑고 불온하게 찰랑거렸다. 딸은 평소에 둔하고 막연하게, 세상을 마주하기엔 제 눈꺼풀이 너무 쇠약하다는 것처럼 사람들이 아니라 사람들의 어깨 위에 올라탄 유령을 투미한 시선으로 바라보는 사람이었소. 그러나 어떤 피로나 공허도 딸에게 잠재된 최후의 광기를 소진시키지는 못했던 모양이오. 그 광기가 나로 인해 자극되어 날카롭고 생생한 경멸의 빛으로 응결된 채 반짝거렸던 거요. 딸은 구겨진 외투 무더기를 방바닥에 그대로 버려둔 채 집을 나갔소. 빈 캐리어의 탈탈거리는 소리가 멀어지고 현관문이 닫혔지. 딸은 공항에서도 그 캐리어를 끌고 있었다오. 나는 딸의 외투를 옷걸이에 걸어 장롱에 넣었지. 지금 그것들은 낡거나 시커멓게 좀이 슬었고, 패딩은 속을 충전한 솜이 절반 이상 줄어들었다고 했다. 최근에 나는 딸의 호주머니를 뒤지다 거기 들어 있던 메마른 복숭아 씨앗을 발견했다오. 메마른 복숭아 씨앗. 그 아무것도 아닌 것이 내가 새롭게 돌려받은 그 애의 흔적이었소.

　　녀석의 몸값 그래프는 개선문상의 열기가 차츰 식은 뒤 완만하게 낮아졌다. 폐출혈이 발생한 말은 일정 기간 경기 출전이 금지된다고 했다. 녀석 또한 안정과 회복을 위해 몇 달 동안 요양을 떠났다. 녀석이 머무는 방목장이 일반인들에게 공개되었다. 사람들은 관람료를 지불하고 방목장 안에서 뛰노는 녀석을 구경했다. 이 시기는 녀석에게도 편안하고 안락한 시기였다. 목초지에서 풀을 뜯거나 야생화를 흠향하는 녀석 주변으로 더불어 방사된 너그러운 표정의 승용마들이 있었다. 녀석 또한 그들과 함께 풀밭에 엎드려 종일 일광욕을 했다. 발을 구르는 동작으로 잡풀 속에 숨어 있던 풀무치들을 놀래주기도 했다. 개선문상 더비에서 찍힌 녀석은 눈두덩이 불룩하게 튀어나와 무시무시한 귀신 같았다. 그러나 이 시기의 녀석은 만사를 내려놓은 것처럼 유순하고 평화로운 인상이었다. 가끔 녀석은 자발적으로 펜스 근처로 다가와 사람들에게 자신을 쓰다듬을 기회를 허락했다. 매부리코 마부는 종일 그늘진 나무 아래에서 책을 읽었다. 땅거미가 선선하게 드리워질 무렵 휘파람을 불며 느릿느릿 어슬렁거리는 말들을 지휘해 마구간으로 돌아갔다.

　이윽고 녀석에게도 슬럼프가 찾아왔다. 경마장에 복귀한 녀석은 다섯 차례나 형편없는 성적으로 경기를 마무리했다. 매부리코 마부는 녀석이 이완된 시기를 그리워한다고 말했다. 향수병을 앓고 있다는 것이다. 잃어버린 주행 의욕을 독려하기 위한 강도 높은 훈련과 재활의 과정이 뒤따랐다. 분투하려는 굳건한 각오를 수복하는 일이 관건이었다. 슬럼프에 빠진 경주마들은 끝내 제 페이스를 회복하지 못하고 은퇴하는 일이 대다수라 이 시기의 녀석에 대한 기사들 또한 대개 회의적인 뉘앙스로 작성되었다. 녀석은 마치 누가 시켰기 때문에 피동적으로 등짝을 떠밀려 경기에 출전한 것만 같았고, 다른 경주마들을 제쳐야 할 타이밍이나 선점한 우위를 놓쳤을 때 쉽게 낙담하거나 전의를 상실하곤 했다. 안장에 올라탄 기수는 녀석의 허리가 탄력을 잃고 비실비실해질 때마다 녀석을 긴장시키기 위해 각고의 노력을 기울였다. 그러나 당시의 녀석에겐 경기를 완주하는 일도 버거운 듯했다. 능력이 퇴화한 것은 아니었으나 불성실한 태도가 원인이었다.

경주마들은 앞만 보고 달리는 기계가 아니다. 패배가 누적되는 과정에서 경주마들은 자신을 추월하는 다른 경주마를 수치스럽게 지각하며, 다른 말보다 뒤처졌다는 사실에 대한 자신감의 결여와 우울 장애를 심리적인 문제로 떠안는다. 슬럼프로 인해 뒤로 밀려난 순위는 쳇바퀴처럼 스트레스를 되먹이면서 한 경주마의 역량을 완전히 망가뜨린다고 했다. 다른 말을 따라잡을 수 없다는 사실을 학습하고 거기에 고착되는 순간 경주마로서의 수명은 끝장난 것이나 다름없다. 녀석에게는 스트레스를 반영하는 몇 가지의 악벽이 생기기도 했다. 제자리에서 완강하게 버티며 발주기 진입을 거부했고, 기둥이나 펜스 끝부분을 물고 꼴딱거리며 주둥이를 오므린 채 흡착 패킹처럼 공기를 빨아들였다. 마사회는 국산 경주마들과의 모의 출주를 통해 자신감을 보강하는 한편 고무줄 밴드로 녀석의 주둥이를 묶어 못된 버릇을 교정하려 했다. 일찍이 망아지 시절에 끝마쳤던 발주기 입장 훈련을 병행했다. 분발한 녀석은 곧 제 기량을 되찾을 예정이었다.

몸값의 폭락을 방어하고 영예로운 종마로서의
여생에 도달하기 위해 무찔러야만 하는 허들이 계속해
서 녀석을 포위했던 셈이다. 물보라에 수몰된 택시 또
한 늘어선 차량들에 감금된 채 좀처럼 속력을 내지 못
했다. 기사 할아버지의 딸이 탑승한 항공기가 막 활주
로를 벗어나는 순간이었다. 딸이 집을 나가고 얼마 지
나지 않아 기사 할아버지는 경찰서에서 한 통의 전화를
받았다. 딸의 아르바이트는 밤 열 시에서 아침 여덟 시
까지였는데, 매일 자정 시간 즈음 미니핀을 산책시키며
박스를 주우러 오는 단골 할머니가 있었다고 했다. 경
계심이 많아 딸을 향해 성마르게 짖어대던 미니핀은 이
제 딸을 보면 먼저 뛰어가 꼬리를 흔들며 야단스럽게
촐랑거리는 친구가 되어 있었다. 딸은 반투명한 편의점
비닐봉지 안에 미니핀이 먹을 간식을 담아 단골 할머니
에게 선물했다.

새벽 두 시쯤 배달 기사가 방문했다. 그때 딸은
간이 테이블에서 막걸리 서너 병을 마신 뒤 꾸벅거리
며 졸고 있던 아저씨를 깨우고 있었다. 아저씨가 일어
나지 않겠다고 생떼를 부려 배달 기사가 직접 딸을 도
와 만취한 그를 집으로 돌려보냈다고 했다. 그때까지도

딸은 평소대로의 수더분하고 과묵한 인상이었다. 배달 기사가 탑차에 시동을 걸 때쯤 딸은 간이 테이블을 철거하는 중이었다고 했다. 딸은 발주된 물건을 꼼꼼하게 검수한 뒤 냉장고와 매대에 진열했다. 폐기로 빼놓았던 도시락을 먹었고, 당일 발생한 나머지 폐기와 쓰레기통에 담겨 있던 음식물을 종량제 봉투에 담아 내놓았다. 이내 포스기 앞으로 돌아와 금전함에 들어 있던 당일의 매상을 동전까지 싹쓸이해 호주머니에 넣었으며, 캐리어를 밀며 편의점을 나가 문을 잠갔고, 문에 화장실에 다녀오겠다는 쪽지를 붙였으며, 열쇠를 하수구에 빠트리려다 한숨을 쉬며 문틈 사이로 밀어넣었다. 이때가 새벽 세 시 즈음이었다. 딸은 택시를 잡았다. 출국 시간까지 두 시간 남짓했다. 택시는 새벽 시간의 쾌적하게 뚫린 도로를 예상 시간보다 20분이나 빠르게 주파해 딸을 공항에 내려주었다. 딸은 이미 떠날 나라의 비자를 발급받은 상태였다.

딸은 캐리어 손잡이를 당기며 드넓은 공항 라운지를 달렸다. 비행기 이륙 시간이 조금만 지연되었어도 딸은 왔던 곳으로 송환될 수도 있었소. 기사 할아버지가 말했다. 떠나고 싶었다면 더 얌전한 방법이 있었을 텐데 어째서 이런 위험천만한 방법을 선택한 걸까. 돌아오지 않을 결심을 위한 의식이 바로 도둑질이었던 걸까? 딸의 여행이 그냥 여행이 아니라 이곳으로부터 도주하는 여정이 되었다는 것은 확실하잖소. 떨리고 두려웠겠지. 즐거웠을지도 모르겠소. 착잡하고 허탈했을 수도 있고. 다음 날 아침에 출근한 교대 근무자가 편의점이 잠긴 것을 알아채고 점주에게 전화를 걸었다. 점주는 공교롭게도 늦잠을 자고 있었다. 행운의 여신이 그 애의 앞길을 활짝 열어주고 있었던 것이오. 목적지에 당도할 때까지 딸은 그 누구에게도 방해받지 않았다. 심지어 수속을 마치고 가져간 돈을 전부 환전할 때까지 그랬소. 푼돈이었지만 그 애에겐 새로운 삶을 시작하기 위한 종잣돈이 되었을 거요. 그 애가 도착한 나라는 설산이 까마득하게 솟아 있고 고원에 위치한 작은 촌락들이 근근이 살림을 꾸리고 있는 척박하고 무더운 나라라고 하더군.

　　기사 할아버지의 딸은 휴대폰을 버린 뒤 그 길로 잠적해 행방이 묘연해졌다. 나는 내 딸이 훔친 돈을 점주에게 변상해야만 했소. 경찰서에서는 딸이 행방불명된 사유를 도둑질 때문이라고 말했소. 범행이 발각될까 무서워 몸을 은신했다는 건데, 대체 어떤 바보가 도둑질 따위로 모국을 탈출해 불법체류자 신세를 자청한단 말이오. 나는 딸의 실종을 망명이라고 부르기로 했소. 그것은 기나긴, 어쩌면 영원한 이별을 다짐하기 위해 그 애가 저질러야만 했던 하찮은 위반이었지. 알아보니 그 나라는 오래도록 신비와의 결속을 소중하게 가꿔온 곳이라고 하더군. 행려에 망연하게 주저앉아 설산에 부딪힌 구름이 선사하는 은총 같은 비를 향유하는 순례자가 여럿이라고. 나는 처음에 딸이 그들 사이에 섞여들었을 수도 있겠다고 생각했소. 물론 가끔만 그렇게 하고 그 나라의 지독한 우기를 피할 수 있는 튼튼한 지붕을 갖게 되었기를 소망했다오. 거짓말이오. 나는 딸이 이곳으로 돌아오길 바랐소. 그리하여 내가 열거하는 잘못들 가운데 무엇이 진짜 잘못인지를 알려주길 바랐지만, 잘못들을 열거하는 동안 나는 딸이 이곳으로 돌아오는 것을 바랄 수 없게 되었다오.

몇 해가 흐르고 그 나라에 큰 지진이 있었소. 지반이 침하해 도로가 갈라지고 가옥들이 붕괴했소. 대피하지 못한 사상자들이 속출했소. 가족과 집을 잃은 난민들이 거리로 나앉았고, 도시는 와해된 판자와 어마어마한 규모로 내려앉은 돌무더기 사이에서 어수선한 폐허가 되어 있었소. 나는 매일이 절박한 심정이었소. 대사관에 전화해 뒤늦게 오열하며 딸의 소식을 물었다오. 나는 딸의 안부를 규명할 수 없었소. 나는 뉴스를 보았지. 황톳빛 얼굴로 미간을 찌푸린 어린아이의 굶주림, 현장에서 시신을 운구하는 어깨가 가냘픈 승려들, 바닥에 모포를 깔고 김이 나는 양철통 주위에 둘러앉아 수프를 끓이는 낯선 사람들을 보았소. 딸이 살고 있는 나라의 사람들이었소. 그들에게 분배된 비탄과 절망이 내가 기억하는 딸의 얼굴에 환영처럼 드리워졌다오. 그래도 나는 딸이 재해에 휩쓸렸으리라는 가능성은 상상하지 않았소. 그것이 밝혀지지 않았기 때문에 나는 언제든 딸이 살아 있을 것이라고 믿고 있었다오.

　　나는 구호 작업을 벌이는 사람들과 황폐한 거리에 기진맥진한 모습으로 퍼더앉은 사람들의 얼굴을 살펴보았소. 나는 나를 안심시킬 긍휼한 착각을 갈망했다오. 그들 사이에서 혹여 딸을 닮은 사람을 찾을 수 있을지도 몰라. 나는 그것이 불가능하거나 희박한 확률임을 예감하고 있었소. 애통한 수심과 계속되는 여진으로 인한 공포와 불면이 켜켜이 퇴적된 그들의 얼굴을 녹화된

비디오의 일시정지 화면 속에서 일일이 헤아리며 뚫어
져라 바라보았소. 나는 그렇게 딸의 실마리를 찾아다녔
소. 그들은 저마다 다른 얼굴을 하고 있었지만 딸이 그
곳에서 짓고 있을 어떤 표정의 그림자를 함께 공유하고
있었다오. 이내 기사 할아버지는 트럭 적재함에 쪼그려
앉은 난민들 사이에서 딸의 뒷모습을 본 것 같다고 말
했다. 노후한 적재함 안쪽으로 헐벗은 난민들과 암소나
노새 같은 가축들이 더불어 바글거렸소. 석회 분진에
오염된 자줏빛 벙거지를 쓴 여자가 카메라를 등진 채
털이 민둥한 작은 원숭이에게 노란 참외를 먹이고 있었
소. 저 나라에도 참외는 노랗구나. 나는 생각했다오. 이
내 기사 할아버지는 그 사람이 딸이 아니어도 상관없다
고 말했다. 그러나 그 사람이 무사했던 것처럼 그 사람
과 닮은 자신이 딸이 무사할 수 있으리라는 기대를 품
을 수 있었다고 말했다. 그 사람은 바다 건너 아주 멀리
떨어진 장소에서 내가 자신의 생존에 감사하고 있었다
는 사실을 까맣게 몰랐을 것이오. 기사 할아버지는 하
고 싶은 이야기를 끝마친 듯했다. 차량이 공항에 들어
설 때까지 더는 말을 걸지 않았다.

　　교통 체증도 머지않아 해제될 모양이었다. 새로

고침을 터치했지만 녀석에 관한 새로운 기사가 올라오지는 않았다. 차량들이 일제히 3차선으로 몰리면서 도로 상황이 복잡해졌다. 노란 우의 차림의 순경 둘이 빗속에서 번뜩이는 경광봉을 휘저었다. 꾸물거리다 성급하게 머리를 집어넣는 밀집한 차량들의 틈바구니에서 기사 할아버지는 능숙한 동작으로 차선을 변경했다. 택시가 속도를 내기 시작했다. 비상 표지판이 차선 둘을 점령한 상태였다. 그는 손바닥으로 차창의 습기를 닦았다. 파노라마처럼 순식간에 지나가는 차창 너머로 반파된 채 비뚜름히 정지한 승용차 두 대가 있었다. 그중 한 대는 견인차 후방에 결속된 상태였다. 그는 손의 물기를 바지에 문질렀다. 한 차례는 사고의 현장에서, 또 한 차례는 사고 현장을 스치며 떠나가는 바깥에서 비슷한 상황을 반복하는 느낌이었다. 속이 울렁거렸다. 시외버스가 전복될 때의 아찔한 반동이 척추를 타고 또렷하게 전해졌다.

　　기사 할아버지는 하얀 면장갑을 끼고 있었다. 핸들에 얹힌 기사 할아버지의 손으로 비가시적인 유령의 손아귀가 포개지고, 그것은 투명한 실타래처럼 휘감기며, 퍼붓는 물의 장막을 관통하는 차량의 핸들을 돌

연하게 가로챈 유령은 그들을 가드레일 쪽으로 내던지
기를 원하며…… 기사 할아버지는 평범한 자세로 운전
을 하고 있지만 실은 이러한 유령의 난입을 저지하거나
거역하기 위해 안간힘을 쓰고 있는지도 모른다. 조수석
에 기사 할아버지의 손을 강탈하기 위해 기회를 엿보는
유령이 앉아 있는 것만 같았다. 유령의 손길에 핸들을
넘겨주는 일. 가끔 그런 유혹이, 마치 뒷덜미로 엄습하
는 암시처럼, 달리는 고속도로 위에서 눈을 감은 채 단
한 차례의 즉흥적인 손짓으로 차선을 이탈할 가능성의
실현이 자신을 구제하리라는 나쁜 생각이 고개를 쳐들
곤 했다. 왜 그러지를 못하는가. 전방을 바라보면 순조
롭게 나아가는 차량들이 언제든 우발적인 위험을 향해
실족할 채비를 마친 것처럼 보였다. 모두가 그런 욕망
을 필사적으로 억누르고 있는 듯했다. 기사 할아버지가
라디오를 켰다. 카랑카랑한 목소리의 코미디언이 사연
을 읽으며 깔깔 웃고 있었다. 이번엔 그 사연에 귀를 기
울여야 할까? 기사 할아버지가 들리지 않는 노랫말을
나지막하게 흥얼거렸다.

어쩐 일인지 녀석의 곁에는 이전부터 녀석과 내
내 동행했던 매부리코 마부가 존재하지 않았다. 검역
마사에 계류하며 전염병 검사를 완료한 녀석은 자정 즈
음 화물기 승차장에 대기하고 있는 말 수송 전용 스톨
로 옮겨질 예정이었다. 해외를 유람하던 과거의 나날
속에서도 녀석은 이렇듯 까다로운 출국의 과정을 여러
차례 경험해본 터였다. 마필관리사가 검문소 앞에서 말
들의 신원이 적힌 여권과 검역 확인서를 건넸다. 낡고
두꺼운 녀석의 여권에는 수많은 나라의 스탬프와 스티
커가 압착된 채로 건조된 꽃잎들처럼 찍혀 있었다. 활
주로 입구가 개방되었다. 말들이 실린 트레일러가 격납
고 건물들 사이를 통과했다. 서치라이트를 밝힌 지게차
들이 늦은 시각에도 바쁘게 게이트를 왕래하며 컨테이
너에 특수 포장된 수출품을 화물기 승차장 쪽으로 운반
했다.

　　트레일러 뒤쪽으로 이동식 마장 시설이 갖춰져
있었다. 운반 도중에 말들이 느낄 불안과 공황을 방지
하기 위해 외부의 진동을 차단하고 방음벽 또한 두터운

아늑하고 폐쇄된 공간이었다. 총 여섯 채의 독립된 공간으로 구획된 마장 시설 안에는 피부와 갈기의 색깔이 다른 말들이 각각 한 마리씩 실려 있었다. 녀석을 제외한 나머지 다섯 마리는 녀석과 국산 암말의 교배로 탄생해 녀석처럼 경매를 통해 다른 나라에 매각된 어린 수출마들이었다. 어린 말들은 대개 근육과 체구만 발달한 철부지들이어서, 마필관리사는 녀석을 수송하는 일만큼 수출마들의 정서적인 안정에 만전을 기울여야 했을 것이다.

내벽에는 건초와 사료가 자동으로 채워지는 철제 캐비닛이 붙어 있었다. 녀석은 엎드린 채 바닥에 깔린 자잘한 톱밥 부스러기에 몸을 비비며 뒤척거렸다. 캐비닛 안의 먹이를 게으르게 우물거렸다. 빈맥 증상으로 간헐적인 흉통을 느꼈을 것이고, 후두에서 가래가 걸린 듯한 가르랑거리는 소리가 났다. 공항까지 오는 동안 선팅된 창밖으로 가로등과 승용차가 휙휙 지나갔다. 흙먼지를 일으키며 경마장을 질주할 때에는 차안대로 인해 양옆으로 휙휙 지나가는 풍경이 쫑긋한 귓바퀴로 스치는 대기의 감각에 지나지 않았으나, 녀석을 녀석보다 빠른 속도로 운반하는 이동식 마장 안에서는 창

문의 동그란 프레임을 통해 지나가는 풍경을 정면으로
바라볼 수 있었다.

　　한참이나 밖을 향해 시선을 던지던 녀석은 건초
를 씹던 주둥이로 철제 캐비닛의 가장자리를 물어뜯기
시작했다. 쓱싹거리는 치찰음이 들렸다. 턱의 근육이
경직된 채로 울룩불룩하게 껄떡거렸다. 철판이 오그라
지며 표면에 이빨 자국이 패었다. 녀석이 간직한 야성
이 튼튼한 허벅지가 아닌 치아와 아래턱에 집중되었고,
자신을 대신해 전방으로 달려가는 트레일러를 기어코
추격해 따라잡듯이, 그와 똑같은 힘으로 철판을 깨물
며 자꾸만 삐져나오는 충동을 반출할 임시적인 통로를
마련했다. 녀석은 앞다리를 바닥에 딛고 자리에서 벌떡
일어나 이동식 마장 안을 빙글빙글 맴돌았다. 뒷발로
철문을 걷어차고 이마로 차창에 박치기를 하며 뒤뚱거
렸다. 격렬하게 치미는 충동이 자제력을 무기력하게 만
들었다. 곧이어 격렬해지는 자제력이 충동에 휘말린 육
체를 무기력하게 만들었다.

　　이내 녀석은 일진일퇴를 거듭하며 싸우다 교착
상태를 이루는 충동과 자제력 사이의 얼얼한 낙차를 폭
포처럼 얻어맞았다. 누군가 채찍이나 몽둥이 같은 도구

로 녀석을 구타하지는 않았지만, 외부를 향해 불똥을
튀기며 비산하는 통증처럼 육체 안쪽에서 돌출되는 과
격하고 기형적인 율동의 포로가 되어 있었다. 녀석은
그 무정형한 율동에 의해 얼크러졌으며 격발되었고 꼬
챙이에 꿰여 허공으로 치솟았다. 불에 그을렸고 질겨졌
다가 으스러졌고 추락했으며 응집되었다가 탈진한 채
로 녹아내렸다. 이 모든 혼란과 동요가 캄캄하고 협소
한 이동식 마장 안에서 일어나는 일이었다.

　　그곳은 일종의 블랙박스 같은 공간이었다. 그는
기운차게 날뛰며 마장을 뒤흔드는 녀석을 상상했다. 공
간은 외부의 진동을 차단하는 만큼 내부의 충격 또한
감소시켰다. 그는 녀석이 마구간에서 검역소로, 검역소
에서 트레일러로, 트레일러에서 말 수송 스톨로 이전되
는 동안 나아갔던 길을 머릿속으로 재구성했다. 그러므
로 모든 일이 그의 머릿속에 틀어박힌 이동식 마장에서
벌어지는 일이라고 해도 과언이 아니었다. 블랙박스 안
에서 녀석은 창밖을 응시하는 고독한 화물이자 거구의
생명이었고, 길과 트레일러는 굳이 달려 거리를 좁히지
않아도 녀석을 다른 장소로 데려갔다. 녀석이 녀석을
운반하는 것이 아니었다. 녀석은 블랙박스를 실어 나르

는 공간의 진로에 의해 움직였다.

녀석의 치아가 으드득거리며 부러진다면, 그러니까 만약 녀석이 치아가 으드득거리며 부러질 만큼의 완강하고 광폭한 의지를 발휘해 공항으로 향하는 일에 저항한다면 어떨까. 뒤돌아 도로를 거스르고자 한다면, 트레일러는 녀석의 거부하거나 도주하거나 노여워하거나 불화하려는 의지 자체를 통째로 받들어 공항으로 인도할 것이다. 녀석은 자신을 운반하는 차량과 주파수를 맞추는 방법을 배워야 할 것이다. 그것에 순응하거나 그것과 협상하지 못한다면 방향을 지시하지 못하고 내부에서 파랑을 일으키는, 굴절되고 비뚤어진 힘들이 녀석의 육체를 훼손된 찰흙 인형처럼 반죽할 것이다. 녀석은 걸쭉한 탕약이나 달아오른 초콜릿 용암처럼 밀폐된 채로 용해된 어둠 속에서 부글거렸을 것이다.

마필관리사가 트레일러에서 내렸다. 트레일러 운전사가 왼쪽 측면의 개폐 버튼을 누르자 마장 입구의 셔터가 상승하며 안전 펜스 안쪽에서 푸르릉거리는 말들의 모습이 천천히 드러났다. 말들은 좌우로 총 세 마리씩이었다. 하마대가 부드럽게 내려와 지면까지의 경사를 이루었다. 마필관리사를 보조해 말들의 하역 작업을 인도하는 마부는 총 여섯 명이었다. 녀석의 마장 앞에 서 있던 마부는 마장 안쪽에 차오른 악취가 바깥으로 퍼지는 바람에 코를 막아야 했다. 톱밥 위로 녀석이 배출한 분변이 덩어리째 짓밟혀 있었다.

펜스의 잠금장치를 해제한 마부가 녀석의 주둥이에 재갈을 씌웠다. 어린 말들이 차츰 활주로에 발을 디뎠다. 활주로를 비행접시처럼 선회하는 순찰용 서치라이트가 말들의 몸을 훑자 맥동하는 근육의 음영이 두드러졌다. 스톨 너머로 광막하고 평탄한 활주로가, 활주로에 비교해서는 장난감 크기이지만 또한 말들에 비해서는 웅장한 규모를 자랑하는 화물기 한 대가 육중하며 고즈넉한 성곽처럼 가로놓여 아래로 도열한 여섯 마리의 말들을 맞이했다. 어린 말들은 흥분한 듯 콧김을 뿜고 눈꺼풀을 씰룩거렸다. 이에 비해 녀석은 겉으로는 침착해 보였고, 마부는 한순간 서치라이트에 물든 녀석의 옆모습이 말머리를 정교하게 조각한 흉상처럼 아름답다는 생각을 했다. 활강하는 굉음이 허공을 갈랐다. 말들의 갈기가 매섭게 흔들렸다.

*

　그는 보안 검색대의 컨베이어에 배낭을 올려놓았다. 챙긴 물건이 별로 없었다. 배낭 안에는 책 두 권과 뜯지 않은 담배 한 갑, 껌 한 통, 휴대용 선풍기, 지갑과 휴대폰 충전기 케이블이 들어 있었다. 공항은 활기로 북적거렸다. 그러나 비가 와서인지 귀에 물이 들어간 것만 같은 먹먹함이 동시에 배어 있었다. 그가 자동 감지 장치를 통과할 때 경보음이 울렸다. 보안 요원이 다가왔다. 옆구리를 더듬으며 몸수색을 했다. 가슴 포켓에서 분필 사이즈의 플래시를 꺼냈다. 눈앞에서 엄지와 검지를 붙였다 뗐다. 그는 알아듣지 못하고 가만히 있었다. 입을 벌리라는 뜻이에요. 그는 입을 벌렸다. 보안 요원이 그의 구강으로 플래시 불빛을 들이댔다. 마약을 밀반입하기 위해 코카인 분말이 밀봉된 작은 봉지들을 배 속에 잔뜩 삼킨 채 출국하는 이들에 관한 기사를 읽었던 기억이 났다. 벨트 풀어야죠. 보안 요원이 말했다.

　한 무리의 관광객들이 대리석 바닥에 쪼그려 앉은 채 포장 박스를 뜯은 면세품들을 캐리어에 담고 있었다. 그는 앞으로 나아가는 무빙워크 난간을 붙잡고 지나가는 상점들을 구경했다. 꺼벙한 표정을 짓고 있었을 것이다. 화장품 숍으로 들어가 향수를 번갈아 시향했고, 의류 숍에서 구입하지도 않을 티셔츠를 슬그머니 건드리다 나왔다. 아무리 걸어도 흡연실이 나타나지 않았다. 한참을 전진한 것 같은데 면세점 내에 입점한 같은 브랜드의 상점들이 일정한 간격을 두고 끝없이 늘어서 있을 뿐이었다. 다시 무빙워크에 탑승해 게이트 표지판들을 올려다보았다. 그가 있는 곳은 H가 머리글자인 스물세 번째 게이트였다. 그가 소지한 항공권에는 F가 머리글자인 열두 번째 게이트가 적혀 있었다. 쇼핑백을 손에 가득 짊어진 몇 사람이 허둥지둥하며 무빙워크 위를 뛰어갔다.

통유리 너머로 활주로가 보였다. 흐린 날씨와 퍼붓는 폭우가 지평선을 잠식했다. 정박된 항공기가 폭우를 맞고 있었다. 굵은 물방울은 유리창 표면에서 왕관 모양으로 으깨진 뒤 새끼줄을 연상시키는 줄무늬를 땋으며 무한히 흘러내렸다. 저 흐름을 기계적으로 묘사할 수 있는 수천 가지의 기교를 발명하고 싶다. 그는 생각했다. 대낮이면 채광이 유려하게 내리쬐었을 통유리 근방이 청회색으로 그늘져 있었다. 대기석에 앉은 사람들의 윤곽이 어스름했다. 빈혈 때문인지 눈앞으로 일순간 먹색 얼룩이 퍼졌다. 공평하게 시야를 암전시켜 사람들의 형체를 지우는 어스름보다 덜 어스름한 사람들이 권태롭게 빗소리를 청취하며 좌석 위에 뭉개져 있었다. 여행 책자를 읽거나 휴대폰을 바라보았다. 서로의 목덜미를 상냥하게 어루만지며 속닥거리는 사람들도 있었다. 창밖의 폭우를 힐끔거리는 얼굴에 근심스러움이 묻어났다.

다음 게이트에서는 사람들이 일렬로 줄지어 있었다. 우천 때문에 승객 입장이 지연되는 중이었다. 부산스레 불만을 토로하는 행렬 선두의 남자에게 승무원이 고개를 내저었다. 그는 일종의 소외감과 유사한 감정을 느꼈으나 자신이 무엇으로부터 소외되었는지를 파악할 수 없었다. 녀석인지, 사람들인지, 채광창을 줄기차게 빗질하는 흐름인지, 활주로인지, 비를 맞는 항공기인지, 기억과 꿈인지. 마치 그가 이 모든 것을 응시하거나 회상할 수 있는 것이 아니라, 그것들과 자신 사이에 유리로 된 무덤이 있었던 까닭에 자신은 그 표면에 지문과 손자국을 묻히고 있을 뿐이라는 실감이 있었다. 간신히 흡연실 푯말을 발견한 그는 흡연실까지 휘청거리며 걸어갔다.

담배에 불을 붙이며 그는 생각했다. 나는 흡연실이 아니라 활주로로 나가야 해. 담배를 피우려고 항공권을 끊은 것도 아니고, 해외에 나가려고 여객터미널에 온 것도 아니야. 보안 검색대를 통과해 여객터미널로 입장했을 때 그는 활주로로 향하는 입구를 찾아다녔다. 수상해 보이는 철문들은 모조리 잠겨 있었고, 활주로로 내려갈 수 있는 입구로 추정되는 게이트 앞에는 승무원과 보안요원이 우두커니 서 있었다. 그는 용기를 내서 의류 숍 점원에게 활주로로 나가려면 어떻게 해야 하냐고 물었다. 항공권에 적힌 게이트에서 시간이 될 때까지 기다리면 돼요. 점원이 친절하게 대답했다. 아니요. 비행기에 타려는 것이 아니고요. 그냥 활주로로 나가려면요. 점원이 어깨를 으쓱했다. 일하는 사람들이 이용하는 다른 문이 있을 거예요. 저는 잘 모르겠네요. 왜 활주로로 가시려는지 모르겠지만 사적인 목적의 출입은 금지되어 있을 거예요.

그는 여객터미널 안을 방황했다. 카페에서 아이스커피를 시킨 뒤 테이블에 앉아 의류 숍 점원과 미친 대화를 나눴다고 생각했고, 그러자 점원의 얼굴에서 읽어낸 황당한 표정이 부끄러워 견딜 수 없었다. 어젯밤 활주로에서 실종된 말을 찾으러 왔어요. 그렇게 말했다면 점원은 다음과 같이 대답했을 것이다. 활주로에서 실종된 말을 왜 활주로에서 찾겠다는 거죠? 머리가 지끈거렸다. 돌아버릴 것만 같았다. 돌아버린 머릿속으로는 활주로 입구를 통제하는 보안 요원이나 승무원과 어떻게든 난투극을 벌이며 활주로에 진입할 수 있을 것만 같았다. 불똥을 잘못 떨어 담뱃불이 꺼졌다. 그는 일단 항공권에 적혀 있는 게이트까지 가보기로 했고, 무빙워크에 탑승해 물살에 얼비치는 조명처럼 어질어질하게 일렁이는 상점들을 지나쳤다. 게이트 앞의 좌석에 털썩 주저앉았다. 그리고 휴대폰을 꺼내 녀석의 이름을 검색한 뒤 스크롤을 내렸다.

그러자 여태껏 보지 못했던 인터뷰 영상이 나왔다. 그는 이어폰을 귀에 꽂은 채 영상을 시청했다. 매부리코 마부가 기자와 질의응답을 주고받았다. 처음에 매부리코 마부는 부당한 권고사직에 대해 고백했다. 만약 자신이 수송 절차를 담당했더라면 녀석이 탈주하는 불상사가 벌어지지 않았을 것이라고 말했다. 이윽고 매부리코 마부는 제 입술을 부대끼며, 총총거리는 방울 뱀 소리, 가글할 때 나는 보글거리는 소리, 쫏쫏거리며 혓바닥으로 입천장을 차는 듯한 오묘한 소리를 순차적으로 발음하기 시작했다. 망아지 시절부터 우리가 함께 연습한 게 있거든요. 영상을 지켜보던 그는 비죽 오므린 입술로 매부리코 마부가 내는 소리를 시늉하려 했다. 가능하지 않았다.

그 이상한 소리들은 매부리코 마부가 내내 녀석에게 들려주었던 옹알이였다. 다정하고 달콤한 뉘앙스가 이 의미 불명의 옹알이에 담겨 있었는데, 자장가 같은 친근한 멜로디와는 거리가 멀었지만, 어쨌든 어린 시절부터 녀석과 매부리코 마부 사이에 교환되었던 내밀한 유대감과 오래도록 저버리지 않아 견고해진 약속이 언젠가부터 이 옹알이에 신비로운 진정 작용을 부여했다고 말했다. 녀석이 슬럼프를 이겨내고 제 페이스를 회복한 시점까지도 매부리코 마부는 녀석의 선임 조교사였다. 경주마로서의 마지막 경기에서 녀석은 낙마 사고를 일으켰다. 막판 스퍼트에서 가속하는 도중 다리를 헛디뎌 지면으로 나뒹굴었는데, 기수의 상처는 옆구리 살갖이 쓸리는 정도로 경미했지만 녀석은 왼쪽 앞다리가 부러지는 커다란 부상을 입었다고 했다. 경주마에게는 비교적 흔하다고 할 수 있는, 무릎뼈가 여러 조각으로 쪼개지는 분쇄 골절이었다.

물론 녀석은 흔한 경주마는 아니었다. 다리를 다친 경주마들이 대개 안락사되는 것과 달리 녀석은 그간의 성과로 말미암아 외과적인 처치와 수술에 의탁할 권리를 획득한 상태였다. 꿰매진 다리에 압정 크기의 가느다란 철심 수십 개를 박은 채 생존할 수 있었다고 했다. 뼈가 붙는 회복기에 녀석은 구속복을 착용하고 다리에 깁스를 두른 채 허공에 매달려 있었다. 보랏빛 혀를 비죽 내밀고 모르핀에 취해 있었다. 다리가 골절된 말들이 대개 안락사되는 이유는 비용 문제가 가장 크지만 네 다리의 균일한 무게중심으로 하중을 지탱해야 하는 신체 구조상 회복기에 말이 감당해야 하는 고통이 상상조차 할 수 없을 만큼 극심하기 때문이라고 했다. 예후가 좋지 않다면 완치되기까지 수십 개월이 소요되는 경우도 있다고. 그러므로 차라리 말이 편히 휴식하도록 숨통을 끊어주는 편이 나은 방법일 수도 있다는 것이다. 매부리코 마부는 꺽꺽 신음하거나 말없이 눈물을 흘리는 녀석을 종일 보살폈다고 했다. 마취가 풀렸을 때 매부리코 마부를 원망하는 듯한 눈빛으로 쳐

다보다가 이내 까무러치듯 졸도하는 녀석 앞에서 웅변
하는 사람처럼, 혹은 격분한 침팬지처럼 양팔을 열정적
으로 휘두르며 녀석을 위무하기 위한 옹알이를 중얼거
렸다고 했다. 소용없는 일이었다. 매부리코 마부는 기
도하던 손으로 주먹을 쥐어 자신의 광대뼈를 멍들 때까
지 때렸다. 그렇게 사랑하는 짐승의 닿지 못할 고통을
나눠 가지려고 했으나 그런 행동도 정말 순수한 마음에
서 나온 것은 아니었다고 했다. 대개의 자기 처벌적인
행동이 그러하듯이 그것은 녀석에 대한 죄악을 면피하
기 위한 의례에 지나지 않았을 수도, 결국 녀석 앞에서
자신의 결백함을 뻔뻔스럽게 주장하고 있었는지도 모
르겠다고 말했다. 녀석의 고통을 나눠 가진다고 믿으면
서 저는 사실상 제 자신을 변호했을 뿐입니다.

　　매부리코 마부는 자신의 고발이 녀석의 명예에
심각한 타격을 입히리라는 사실을 충분히 짐작하고 있
다고 털어놓았다. 그러나 자신의 이야기는 녀석의 명예
가 아니라 녀석의 존엄에 관련된 문제이며, 폭로 이후
에도 사람들이 녀석의 여생에 관해 각별하게 주의를 기
울이길 원한다고 말했다. 녀석에 대한 개인적인 속죄와
참회를 위해서일 수도 있겠지만 무엇보다 말 한 마리의

영혼을 궤멸시키는 과정에 천연덕스럽게 협력한 양심의 가책을 참을 수 없었다고 말했다. 녀석이 우승했던 결정적인 순간마다, 혹은 녀석의 기량이 의심스러운 시험대에 올라앉을 때마다 매부리코 마부의 작업복 호주머니 안으로 언제 넣었는지 알 수 없는 작은 앰플이 들어 있었다고 말했다. 처음 입사했을 때부터 저는 가끔 경주마들에게 그런 약물을 주사했습니다. 매부리코 마부는 금지된 약물을 투여한 말들의 두뇌와 신경망이 스펀지처럼 너덜너덜해진다고 해서 그들 모두가 우승마의 행운을 누릴 수 있는 건 아니라고 말했다. 그건 순진한 생각입니다. 금지된 약물의 남용으로도 굴복시키지 못할 말들 사이의 격차가 반드시 존재하며, 말들은 다만 생래적으로 타고난 조잡한 한계선을 향해 맹목적으로 날아가는 바위 앞의 달걀로 변신한다고 말했다.

혈관에 주입한 굶주림 때문에 그들은 낭떠러지 너머를 질주할 수밖에 없게 됩니다. 증폭된 채로 귀환하는 공포가 그들을 연소하고 파괴할 때까지요. 허공으로 도약해 낭떠러지 너머로 자라나는 환각의 무지개 위를 달리던 말들은 공포가 무지개를 압도하는 순간 천 길 아래로 곤두박질하게 됩니다. 그들은 고기가 되겠죠. 사람들은 약물에 중독된 퇴역마의 살점을 맛있게 먹겠고요. 매부리코 마부는 은밀하게 전달된 앰플을 권총형 주사기에 장착했다고 했다. 총구를 녀석에게 들이 대고 방아쇠를 당겼다고 했다. 그때에도 매부리코 마부는 턱으로 스치는 날카로운 쓰라림에 푸르릉거리던 녀석을 신비한 옹알이로 잠잠하게 만들었다고 했다. 녀석이 취득한 많은 트로피가 이런 부정직한 내막과 관련되었고, 약물을 사용한 대개의 경주마가 생식 능력을 상실하는 것을 감안한다면 현재 녀석의 교배료를 통해 마사회가 거둬들이는 수익 또한 그 과정을 면밀하게 캐묻고 검토해야 하는 음험한 비리를 내포하고 있다는 게 매부리코 마부의 생각이었다.

　매부리코 마부는 마사회가 그의 폭로 이후에도 녀석의 행방을 성실하게 수소문해야 할 의무가 있으며, 막대한 상금과 교배료를 전부 반환한 뒤에도 녀석에게 전과 같은 안정된 생활을 보장해야 한다고 말했다. 녀석이 활주로에서 탈출한 이유 또한 지금까지 스스로를 착취한 자신과 마사회를 향한 복수일 것이라고. 마사회에서 곧바로 반박 기사를 내보냈다. 매부리코 마부의 폭로를 응대할 가치도 없는 망상이라고 일축했는데, 무엇보다 금지된 약물을 투약했다는 음해가 정말 사실이라면 어떻게 최신 분석 장비를 통해 삼엄한 감시 속에서 실시되는 도핑테스트를 수십 차례나 회피할 수 있었겠느냐는 것이다. 매부리코 마부의 증언에서도 제시된 바 금지된 약물에 손을 댔던 사람은 매부리코 마부 자신이라고 말했다.

　　마사회의 발표문에는 금지된 약물의 사용이 암암리에 만연해 있다는 것, 약물의 검출을 교묘하게 회피하는 수법 또한 나날이 진화하고 있다는 것을 기관에서 이미 파악하고 있다는 사실이 적나라하게 언급되었다. 담당하는 말들의 성공에 너무나 고무된 나머지, 반대로 말들의 실패가 너무나 실망스러운 나머지, 혹은 직업적인 향상심이나 인센티브로 지급되는 돈에 지나치게 욕심을 부린 나머지 금지된 약물의 유혹을 물리치지 못하는 조교사들이 종종 생겨난다고 했다. 마사회는 경마의 공정한 시행을 위해 그런 이들을 적발하고 감시하며 처벌하는 기관일 뿐 절대로 그들에게 금지된 약물의 사용을 종용하지는 않는다고 했다. 덧붙여 매부리코 마부가 권고사직을 당한 까닭은 녀석과 아무런 상관이 없으며, 굳이 매부리코 마부가 비장하게 강조하지 않아도 녀석을 수색하는 일에 전력을 다하는 중이고, 앞으로 기관과 녀석의 명예를 실추시키는 위와 같은 유언비어에 법적 수단을 동원해 엄정하게 대응하겠다고 말했다.

수송할 말들을 제대로 관리하지 못했음에도 당돌하게 으름장을 놓는 듯한 발표문의 어조가 사람들의 부정적인 여론을 확산시킨 모양이었다. 기사 페이지 아래로 마사회를 규탄하거나 비판하는 댓글들이 빗발쳤다. 자본에 물화된 채 학대에 가까운 레이스를 감내해야만 하는 경주마들의 불행한 일생을 한탄스러워하는 댓글도 어렵지 않게 찾아볼 수 있었다. 그는 댓글을 읽는 일을 멈추고 고개를 들었다. 비행기 탑승 시각까지 한 시간이 남아 있었다. 그는 그만 집으로 돌아가고 싶었다.

갑자기 의식의 깊은 골짜기에 묻어두었던 어느 날의 기억이 떠올랐다. 운전석에서 가슴이 답답하고 자신의 삶이 억울하다며 어머니를 윽박지르던 아버지. 조수석에서 아무것도 해명하지 않은 채 멍한 눈빛으로 창밖을 바라보던 어머니. 그는 뒷좌석에서 그림책을 읽고 있었다. 아버지는 내가 하지 못할 것 같으냐, 내가 예전부터 말했지 않느냐, 내 말을 이해할 생각은 없느냐 따

위의 말을 떠들어댔던 것 같다. 책장이 넘어가던 순간
아버지가 핸들을 급하게 꺾었다. 서행하던 승용차가 연
석을 넘어 길가의 가로수를 들이받았다. 짤막하지만 분
명한 충격과 함께 그림책이 팔랑거리며 바닥으로 낙하
했다. 당혹스러운 표정으로 안전벨트를 그러쥐는 동작
이 아버지에 대한 어머니의 첫 반응이었다. 아버지는
무언가에 홀린 사람처럼 씩씩거리며 페달을 밟았다. 차
량이 공회전하며 시끄럽게 윙윙거렸다. 내가 한다면 하
는 사람이라고 말했지. 그는 그림책을 집었다. 가슴이
두근거렸지만 대수롭지 않은 척하며 다음 페이지를 넘
겼다. 아버지는 그가 열다섯 살 무렵 기관지암으로 사
망했다. 까맣게 마른 아버지의 몸, 주삿바늘 자국, 복숭
아를 깎던 어머니, 알코올 냄새. 그는 아버지가 사망한
미래의 어느 우연한 날 오늘을 떠올릴 것임을 직감했
다. 그리고 영원히 아버지를 용서하지 못했다.

　　뒷걸음질하며 폭주하는 여섯 마리의 말이 엉덩
이를 흔들고 발길질을 하며 마부들을 위협했다. 마부
한 명이 반동을 피하려다 아스팔트 위에 자빠진 것을
신호로 말들이 하나둘 전방을 향해 달려나가기 시작했
다. 목줄을 틀어쥔 채 험악해진 말들과 힘겨루기를 하

던 마부들은 재갈을 악물고 강행하려는 말의 완력에 잰걸음으로 끌려가다 양손을 놓아버리고 말았다. 통제되지 않는 짐승의 전율이 땀과 체액으로 매끈하게 젖은 살갗에서 정전기처럼 일어났다. 다급해진 마필관리사가 소리를 꽥꽥 지르며 달아나는 말들을 따라 뛰었고, 늘씬하게 뻗은 동체의 날갯죽지 아래쪽을 통과한 말들은 활주로 위를 걷잡을 수 없는 속도로 산개하며 울부짖었다. 슬라이딩하던 항공기가 보름달을 가렸다. 비행장의 등화관제에 따라 꺼졌다 켜지는 불빛 속에서 꿈틀거리는 근골의 음영이 드러났고, 이내 흥분한 말들이 짙어지는 어둠 안쪽을 향해 신속하게 미끄러져 들어갔다. 지게차 운전사들이 차를 세웠다. 근처에서 껑충거리는 말들을 어리둥절하게 바라보았다.

　　비상 상황이었다. 말들이 탈출했다는 소식이 공항 상황실로 전파되었다. 랜딩을 준비하던 항공기들은 공중 어딘가에, 막 출발해 활주로를 행진하던 항공기들은 지상에 각각 발이 묶였다. 활주로 권역으로 고삐가 풀린 말들이 날뛰는 동안엔 어떤 항공기도 함부로 움직일 수 없었다. 말들은 좌충우돌하며 평평한 활주로 위를 질주했다. 잔디밭과 아스팔트의 경계를 넘나들었다.

무릎에 철심이 박혀 있고 심장 또한 멀쩡하지 않은 녀석이 어떻게 혈기왕성한 어린 말들에게 뒤지지 않았는지를 설명하기 위해서는 녀석이 지금껏 달성했던 기적적인 성과들이 도움이 될 것이다. 어린 말들이 축복받은 젊음에서 에너지를 길어냈다면, 녀석은 금세기 최고의 경주마로서 다른 말들과의 비교를 불허하는 신체적이며 정신적인 우월함, 그러니까 이 우월함 자체가 다른 말들과의 위계나 서열에 의해서 성립되는 것이 아니라 단지 내재적이며 고유한 특질로서 긍정되는 모종의 건재한 자긍심을 통해 스스로를 제재하는 모든 결손과 질병을 충당했을 터였다.

온몸에 엔돌핀이 분비된 다음에는 조임쇠가 헐거워지는 인공적인 관절의 고통이 열화된 황홀함 속에서 사그라졌을 것이다. 팽팽해진 넓적다리를 탄력적으로 뻗으면서 녀석은 간만의 해방적인 쾌감을 맛보았을지도 모를 일이었다. 활주로 위를 무질서하게 가로지르는 말들은 서로를 간발의 차로 비껴가는 아슬아슬하며 난폭한 유희에 심취해 있는 것처럼 보였다. 말들을 추격하다 체력이 다한 마필관리사는 제자리에서 숨을 헐떡이며 말들을 한데 불러 모으기 위한 휘파람을 처연하게 부는 중이었다. 항공 유도등이 별자리처럼 수놓인 장엄한 지평선은 눈앞에 펼쳐지는 것만으로 마필관리사의 울상이 된 절박함을 좌절시켰다. 그는 왜소하고 초라했으며, 일순간 어둠 속에 잠복한 희번덕거리는 시선과 저주받은 동물의 악취를 혐오할 수밖에 없었다.

　　따각거리는 말발굽 소리와 히히힝거리는 우짖음이 멀어지다 별안간 가까워졌다. 밑창에 맞닿은 서늘한 아스팔트 표면으로 뜀박질하는 말들의 진동이 느껴졌다. 녀석이 마필관리사를 치받으려는 듯 정면에서 덤벼들었다. 마필관리사는 말들의 희롱을 견디다 못해 귀를 막고 무릎을 꿇은 채 웅크렸다. 녀석이 우아한 포물선을 그리며 마필관리사의 정수리를 뛰어넘었다. 다리에 힘이 풀려 머뭇거리듯 바닥에 손을 짚은 채 기어가는 마필관리사를 녀석의 맏딸인 잿빛 암말이 무더운 숨결을 토해내며 주시하고 있었다. 마부들이 진이 빠진 마필관리사를 부축했다. 잿빛 암말의 다리 사이로 고이는 뜨거운 오줌 웅덩이에서 시허연 증기가 펄펄 샘솟았다. 거무죽죽한 하늘을 수직으로 찌르며 낙뢰에 맞은 듯 부르르 떨리는 잿빛 암말의 모가지가 기괴한 각도로 비틀려 있었다. 승객들은 여객터미널의 통유리 너머에서 흉폭해진 말들의 모습을 관람했다. 휴대폰으로 동영상을 찍었다. 트위터에 게시된 해당 영상의 리트윗 횟수가 폭발적으로 증가했다. 스케줄을 표시하는 전광판이 무기한 운항 지연을 뜻하는 붉은 글자로 뒤덮였으나 승객들은 불안이나 초조를 잠시 미뤄둔 채로 감탄하거나 열광할 뿐이었다. 평생 목격할 수 없는 진귀한 광경이었고, 내가 거기 있었어, 정신이 가출한 또라이 같은 말들 때문에 어쩔 수 없었어, 활주로에 말들이 탈출했다는 허무맹랑한 이야기로 연착될 일정을 떳떳하게 해명할 수 있다는 사실 또한 즐거웠으며, 그렇기에 사람들의 얼굴마다 흥미진진한 꿈을 꾸는 것 같은 몽롱한 기쁨이 배어 있었다. 마사회나 공항 관계자들의 입장에서는 악몽 같은 새벽이었다.

공항 안전관리센터 소속의 순찰대원들이 활주로로 출동했다. 그들은 예전부터 공항 구역에 출몰한 너구리나 고양이 같은 소동물들을 수도 없이 포획한 전적이 있었다. 그러나 말과 같은 대형 포유류를 상대하는 건 처음이었다. 활주로 곳곳에 급정거한 항공기들이 널려 있었고, 거기 탑승한 승객들 또한 비좁은 창문으로 머리를 들이민 채 이 경이로운 소동의 관객이 되어

있었다. 사방이 광활하게 트인 활주로에서 말들을 코너
로 유인하는 것은 여간 곤혹스러운 일이 아니었다. 방
벽과 블록을 설치하기 위해 활주로로 입장한 탑차도 스
무 대 이상이었다. 차량들은 관제탑의 지휘 아래 일사
불란하게 말들을 포위하려고 했다. 경제적 손실을 고려
하면 말들이 다치거나 상처를 입는 불상사도 막아야 했
다. 마부들 또한 어이없는 실수를 만회하려 했으나 이
미 사건의 규모가 시말서로 끝날 수준을 넘어서 있었
다. 말들은 영리하게도 여러 방향으로 흩어지길 선택했
다. 방금까지만 해도 여객터미널 주위를 보란 듯이 배
회하던 말들은 어느새 활주로의 야음 속으로 증발한 뒤
였다. 활주로는 쥐 죽은 듯이 적막했다. 여섯 마리의 말
또한 축축한 어둠에 녹아든 것만 같았다.

　　사열한 차량들이 활주로를 주행했다. 이마에 물
방울 모양의 반점이 있는 녀석의 넷째 아들이 풀밭에
고개를 떨어뜨린 채 풀을 질겅거리고 있었는데, 그 온
순하고 고분고분한 태도로 말할 것 같으면 마치 이전의
소동을 깔끔하게 망각한 채 활주로에 뜬금없이 불시착
한 것처럼 보였다. 자신을 향해 쏘아진 헤드라이트 불
빛이 성가신 듯했다. 조수석에서 내린 마부가 살금살금

다가가 목줄을 끌어당겼다.

　　　그러나 탈출한 모든 말이 녀석의 넷째 아들처럼 수월하게 포획되지는 않았다. 차량들이 방사형으로 갈라져 말들의 위치를 수색하기 시작했다. 말들이 불시에 시야를 침범했다. 겁먹은 말들은 꽁무니를 추격해 가두리로 꾀여내는 차량들에서 재빠르게 도망쳤다. 차량들이 말들의 도주 경로를 선점하기 위해 가속했다. 간신히 형성한 마지노선이 줏대 없이 도주로를 교란하는 말들의 진로에 따라 조립되었다가 다시 허물어졌다. 말들은 몰려드는 장벽들의 귀퉁이에서 머리를 성급하게 돌리며 장벽들을 해산시켰다. 마치 차량들이 말들을 몰아넣는 것이 아니라 말들이 자신을 붙잡으려는 차량들의 대오와 배치를 제멋대로 조직하면서 활주로에 잠재적으로 가설될 미로의 유형들을 실험하고 있는 것만 같았다. 몇몇은 사면초가 상태가 되었음에도 앞발과 뒷발을 포악하게 버둥거리며 법석을 떨었다. 넘실거리는 근육의 파장이 헤드라이트 불빛을 반사했고, 자신을 향해 결집한 인공적인 후광 속에서 지치지 않고 격렬하게 들썩거리는 말들의 혼란이란 그곳으로의 접근을 무자비하게 불허하는 일종의 원시적인 거룩함 같은 것을 연출

했다. 포위 작전에 참여한 사람들도 잠시 넋을 놓고 이 글거리는 말의 육체를 구경했다.

　　곧이어 발포 명령이 떨어졌다. 마부들이 말들을 회유하기 위한 최후의 간청을 시도했다. 괜찮아. 진정해. 아무도 해치지 않아. 휘휘. 집에 가자. 널 좋아해. 가만히 있어. 휘휘. 건초를 받들고 감미로운 암시를 읊조리며 다가가는 마부에게 녀석의 넷째 딸과 다섯째 아들이 머리를 수그리며 투항했다. 맏딸과 둘째 딸의 반항이 거셌다. 시선과 태도에서 명백한 적의가 느껴졌다. 개머리판을 견착한 순찰대원들이 말들을 향해 총구를 겨눴다. 수신호와 함께 공기가 극한까지 당겨지다 뚝 소리를 내며 끊어졌다. 최루액이 담긴 주사기 바늘이 일렁이는 말의 살갗을 꿰뚫었다. 비틀거리던 거구의 몸뚱이가 고꾸라졌다. 엎어져 호흡을 쌕쌕 몰아쉬며 자신에게로 달려드는 순찰대원들을 외면했다. 커다랗게 글썽거리던 눈이 점차 혼탁해졌다. 말들이 잠든 직후 지게차 운전사들이 그물에 휘감긴 말들을 패널에 실어 공항 바깥으로 운송했다. 마취가 풀렸을 때 그들은 이미 이동식 마장에 탑승한 채 전용 마구간으로 옮겨지는 중이었다. 당일의 수출이 불발되었기 때문에 그들은 다시

검역 마사에 계류되어 감염병 검사를 마쳐야 했고, 일
주일 후쯤 재차 이동식 마장에 탑승해 화물기 승차장으
로 운반될 예정이었다. 그때에는 탈주의 위험을 미연에
방지하도록 이동식 마장과 스톨 사이에 보행대가 설치
될 예정이었다.

　　　수출마들이 전부 검거된 다음에도 녀석의 행방
은 밝혀지지 않았다. 달아나는 녀석을 향해 최루탄이
두 발 정도 날아갔으나 명중했으리라는 보장이 없었다.
녀석은 세 차례 포위된 장벽을 월담해 무너뜨렸다. 한
번은 차량들이 에워싼 구역에 꼼짝없이 가둬졌다고 했
다. 녀석은 담담하게 항복을 선언하듯 무릎꽈 자세를
취한 순찰대원들과 손짓하는 마부들을 향해 다가왔다.
그때에도 고개를 우직하게 쳐든 채 제왕 같은 위엄을
잃지 않았다고 했다. 속임수에 코가 꿰인 순찰대원들이
장비를 정돈했다. 갈빗대를 조심스럽게 토닥거리는 마
부들 곁에서 녀석은 심지어 애교를 부리듯 냠냠거리는
소리를 내기도 했다. 가슴을 쓸어내린 마부들이 엉성해
진 복장을 갈무리할 때 녀석은 저돌적으로 도약해 뒷
다리를 퍼덕거리며 앞으로 뛰어나갔다고 했다. 여객터
미널과 비행기 안에서 대기하던 사람들의 인내심도 한

계에 다다랐다. 운항이 재개되었고, 녀석은 불가사의한 경로를 통해 공항 구역을 빠져나간 모양이었다. 수색이 난항을 빚으면서 녀석에게 막대한 현상금이 걸릴 것이라는 소문이 돌았다.

　　시간이 되었다. 항공권과 여권을 내밀자 승무원이 길을 비켜주었다. 그는 항공기로 통하는 보딩 브리지 위를 걸어갔다. 브리지 안을 두리번거렸지만 활주로로 통하는 입구를 발견할 수 없었다. 항공기 안으로 입장할 때 승무원과 기장이 미소를 지으며 인사했다. 그는 배낭을 끌어안은 채 지정된 좌석에 앉았다. 창가 좌석이었다. 그리고 자신의 좌석에서 3열 앞의 측면에 있는 비상구 철문을 노려보았다. 비죽 튀어나온 레버를 당기면 탈출용 미끄럼틀을 통해 활주로로 연결되어 있겠지. 마지막 기회였다. 잘 열리는지 한번 시험하고 싶었어요. 특별한 의미는 없고요. 그는 변명거리를 떠올렸다. 강하하려는 자신을 뜯어말리는 승무원들의 모습을 상상했다. 결단을 내려야 했다. 그의 옆자리로 사람들이 채워지고 있었으며, 그는 일어나 사람들의 무릎과 어깨를 밀치며 비상구 레버를 움켜쥐려고 했다. 승무원이 다가왔다. 기내 상황이 혼잡하니 화장실은 비행기가 이륙하고 나서 이용하는 것이 어떠냐고 말했다. 그는 수긍한 뒤 자리에 앉았다.

그는 비가 그친 창밖을 바라보았다. 항공기가 출발해 활주로를 향해 서서히 나아갔다. 승무원이 낙하산 사용 요령을 시범하는 동안 그는 전자 기기를 비행기 모드로 전환하라는 기내 방송을 들었다. 그는 포털 사이트에 녀석의 이름을 검색했다. 공항 인근의 야산에 도달한 녀석은 이미 만신창이가 되어 있었다. 한데 모여 녀석을 멍에처럼 짓누르는 빗줄기 한 가닥 한 가닥이 송곳처럼 뾰족했다. 살갗이 따갑고 욱신거렸다. 그야말로 물에 빠진 생쥐 꼴이었다. 녀석은 앞다리를 절뚝거리며 속수무책으로 능선을 올랐을 것이다. 실신할 것처럼 혼미해지는 의식을 억지로 끌어당기고, 이내 무성한 나뭇잎들이 녀석을 은닉해 빗줄기의 폭력에서 구해주었을 것이다. 야산 전체가 시원하게 퍼붓는 빗물에 의해 술렁이며 실시간으로 생장하는 듯했다. 녀석은 울창해지는 식물의 그림자에 의해 보호받은 채 목을 축일 수 있는 계곡 근방에 이르렀다. 녀석은 초록색 차양 아래에서 귓바퀴를 접은 채 꿀떡거리며 물을 마셨을 것이다. 목울대가 차가워지며 노곤한 피로가 녀석을 침몰시

켰을 것이다. 혹은 무지갯빛 뱀 한 마리가 우거진 덤불 사이를 헤치며 소리 없이 다가와 녀석의 발목을 깨물었을 것이다. 몸의 중심이 무너진 녀석은 불어나 출렁거리는 물살 아래로 빨려들었을 것이다.

　야산 중턱의 캠핑장 근처에서 식당을 운영하는 한 남자가 녀석의 사체를 목격했다고 했다. 말 한 마리가 범람한 황톳빛 급류 속을 떠내려갔는데, 길쭉한 머리가 가라앉았다 다시 떠오르며 마치 수영을 하는 것 같았다고 했다. 지금 녀석의 추정 위치는 계곡이 강으로 합류하는 지점이었다. 녀석의 사체가 물가에 정박하길 기다리는 허기진 검독수리 두 마리가 폭우로 인해 부서진 창공을 날고 있었다고 했다. 그는 왠지 모를 비애감 같은 것을 느꼈다. 짧게 요동치던 항공기가 지상에서 이탈하는 순간이었다. 활주로로 나갈 필요가 없어졌고, 그러나 그는 활주로를 질주하는 말 한 마리의 영혼을 본 것 같았으며, 포털 사이트 화면이 먹통이 되었고, 일직선으로 뻗은 금속 날개가 엿가락처럼 구부러졌으며, 미사일에 격추된 유선형 동체의 허리가 찢어졌고, 공중을 유영하던 새들이 프로펠러 속에서 잔혹하게 파쇄되었으나 이 모든 일은 환영일 뿐이었다. 절대로 이런 일들이 벌어져서는 안 되었다.

그는 말을 찾는 일에 실패했으나 실패했다고 말할 만큼의 어떤 일도 하지 않았다. 집에서 택시를 타고 공항에 이르러 예정에도 없던 항공기에 탑승했다. 아무것도 하지 않는 동안 녀석의 일생이 저물었고, 그는 애초부터 약속일 수 없었던 일방적인 약속과 결별했던 것이다. 긴장이 누그러지며 졸음이 몰려왔다. 그는 꿈을 꿨다. 그가 다른 나라의 지상에 안착할 때까지 지속될 꿈이었다. 풀이 죽은 그의 육체가 녀석의 잔등에 업혀 있었다. 활주로를 달리는 동안 녀석이 물었다. 죽어 있다는 건 어떤 느낌이에요? 죽어서 싱그러운 바람을 느낄 수 있다는 건 어떤 기분이고요? 그는 매번 끝났다고 생각했는데 뭔가를 끝낼 수가 없었다. 그러나 그는 자신이 어째서 여태껏 두려움을 느끼고 있었는지 의아했는데, 일단 바람이 반가울 만큼 선선하고 쾌적했으며, 녀석의 경쾌한 말발굽을 따라 그들이 함께 약속한 목적지가 분명해지고 있었기 때문이다.

녀석이 숲속에 비뚜름히 멈춰 산딸기를 먹을 때에도 그는 녀석을 채근하지 않았다. 그는 녀석을 신뢰했으며 목적지가 임박했음을 짐작하고 있었다. 곧이어

웅성거리는 소리가 들렸다. 녀석은 귀환을 축하하는 사람들의 자애로운 목소리들 사이로 파고들었다. 그것은 녀석에게 아주 좋은 일이었다. 그는 누군가의 손길에 의해 녀석에게서 내려져 까마득한 수직굴 아래로 던져졌다. 외마디 비명은 없었고, 단말마도 없었고, 그에게는 입과 혀가 없었고, 동시에 손과 발과 머리와 생식기와 무릎이 없었다. 좀처럼 바닥을 드러내지 않는 수직굴 안쪽에서는 저음의 낱말 없는 아우성들이 떠돌고 있었다. 그곳은 녀석의 까만 눈 속이었고, 다시 녀석의 까만 눈 속이 아니라 그 자신이라는 허수를 위한 일인칭의 심연이었다. 몸이 바닥과 충돌하는 순간 눈이 떠졌다. 눈부신 열기를 띤 빛줄기가 그의 허벅지를 비추고 있었다. 옆에 앉은 낯선 남자가 그의 얼굴 앞으로 팔을 뻗어 창문의 블라인드를 내렸다. 깨워서 미안해요. 낯선 남자가 말했다.

「퇴거」와 나중에 함께 묶인 다른 산문들

2018 : 「퇴거」

외투 호주머니 속에 집어넣은 손으로 일회용 라이터를 만지작거리다 쇠바퀴를 돌려 불을 붙였다. 불꽃이 뜨거웠다. 비닐로 된 호주머니 안쪽이 순식간에 그을렸다. 나는 재빨리 호주머니에서 손을 꺼냈다. 나는 이 일을 어떤 징후로 받아들였다. 내가 미쳐가고 있는 것은 아닐까. 생각보다 일찍. 야음이 내린 고요한 시장에서 고양이들이 가느다랗게 숨 쉬고 있는 광경을 바라보았다. 붉은 담장 앞에 서서 중얼거리듯 혼잣말을 하고 있는 얼굴 없는 사람에 관한 이미지를 상상하기도 했다. 나는 호주머니에 생긴 구멍을 만지작거리며 걸었다. 밤공기가 선선했다. 환한 편의점 간판 아래를 지나치자 얼굴이 이글거렸다. 나는 양손으로 연거푸 마른세수를 했다. 몸에 옮은 불을 꺼트리고 나면 그때는 나로 살아가는 일이 나아지지 않을까. 마음이 그저 불꽃에 관한 충동이라면 나는 나라는 높다랗게 쌓인 장작을 무너뜨리기 위해 이와 같은 가상적인 시련을 되풀이하고 있는 것은 아닐까.

나는 골목을 향해 라이터를 던져버렸다. 다음 블록에 위치한 편의점에 들러 라이터를 샀다. 나는 최근에 내가 도저히 빠져나갈 수 없는 상황에 짓눌려 있다고 여겼다. 무겁고 침울했다. 머릿속에서 불안의 구체적인 원인들이 나열되었고 나는 나의 감정이 그러한 원인들에 오염된 낡은 헝겊 조각이라고 생각했다. 나는 나를 해결할 수 없었다. 나는 내게 압력을 행사하는 많은 빚으로부터 자유로워질 수 있었으나 나의 감정으로부터는 그럴 수 없었다. 그것은 불가능했다. 어쨌든 내게 가장 익숙한 일이란 나의 마음을 들여다보는 일이었다. 그것은 나의 마음을 향해 마음의 생태계를 훼손할 염려가 있는 음험한 잠입자들을 초대하는 일이기도 했다. 거의 동시에. 서서히 변질되는 마음을 상온에 방치했던 사람이 나였고, 이후 나는 마음으로 향하는 많은 통로가 빽빽하게 헝클어진 덤불로 뒤덮이는 모습을 멍하니 지켜보아야만 했다. 나는 내 마음을 관찰할 수 있었을 뿐 그곳에 내게 유용한 깨달음을 이식하는 방법을 알지 못했다.

　　내가 한밤의 골목을 통과하는 동안 친구는 내 방에 놓인 매트리스 위에 누워 있다. 친구는 일어나지 않는다. 친구는 내가 시달리는 무기력을 대신 체험하는 것처럼 그렇게 하염없이 뒤척이면서…… 그의 머릿속에서 일렁이는 희박하고 어렴풋한 물체들…… 그 개인적이며 음울한 그림자들을 영사하는 텅 빈 스크린을 바라보고 있다. 한 사람만이 입장할 수 있는 낯선 극장에서, 또한 그 자신의 분열된 반영일 따름인 그림자들의 일그러짐과 파열, 사랑과 친교를 쫓아가는 것이다. 친구의 관심사란 오로지 자신의 그림자들이다. 모로 기울어진 채 싸늘한 내벽에 등을 붙인 채로 그렇게 한다. 친구는 삶을 저버리지 않는다. 그럴 수 있을 것이다. 나는 친구가 이러한 그림자들에 몰두하는 과정에서 자신의 삶을 위태로운 그대로 내버려둘 수 있으리라 믿는다.

까마득한 경계의 이편으로도, 저편으로도 넘어가지 않은 채로 스스로를 창백한 파수꾼처럼 지킬 수 있으리라고 믿는 것이다. 친구가 비틀거리며 나아가는 가짜 회랑에 일렬로 걸려 등불처럼 빛나고 있는 잘린 머리들, 그것들은 각각 친구의 시해된 유년을 상징한다. 나는 그 죽어 전시된 머리들이 개별적인 시간의 항아리들처럼 친구의 마음을 인도하고 있다고 생각한다. 마치 내가 나의 망쳐진 자의식으로 그러하듯이 말이다.

　　기억의 회랑에서는 메아리가 소진되지 않는다. 친구가 사랑했던 가여운 어린 왕들, 그 유년의 잘린 머리들은 앙상하며 두려움을 자아내 겁먹은 친구를 몰아붙이며 구석으로 달아나게 만들지만, 괴롭히지만, 또한 가끔, 드문 경우에는 친구의 불안한 내면을 위로하기도 한다. 그것은 잘린 머리들이 생성하는 예기치 못한 효과들 가운데 하나이다. 그것은 전도된 방식의 위로이기도 하다. 내가 친구에게 쉽사리 줄 수 없는 위로이기도 하다. 자신을 시해하며 나아가는 친구의 거듭된 용기이기도 하다. 다짐이기도 하고, 지속이기도 하며, 절망이기도 하고, 발작이 찾아오기 직전 표정의 수면으로 연잎처럼 떠오르는 기이하게 올라간 입꼬리의 무서움이기도 하다. 나는 슬픔을 느끼면서 인정하는 것 같다. 설명할 수 없는 그것을. 소외되면서 고개를 끄덕일 수 있는 것만 같다.

　　나는 친구의 환상과 상처, 그로 인한 자폐적 열정에 찬동하며 그 모호한 음성들 사이를 충실하게 배회하는 착란의 송전탑이 되고 싶다. 그럴 수 없겠지만. 그것이 불가능하다는 자각보다 먼저 나는 내 비뚤어진 잡음들을 서둘러 받아쓰게 되겠지만. 잡음으로 내 황폐한 무지를 대신하려 하겠지만. 나는 자주 초조해하고 기다림에 무능하기 때문이다. 어떻게 친구의 그림자들에 다가갈 수 있을까. 나는 내 고착된 상처를 뒤집어쓰고 몸살을 앓는 안쓰러운 도깨비들을 간병하는 일에 내 삶전부를 할애해 왔는데. 축축하고 미지근한 도깨비불 속에서 말이다. 나는 갑갑한 인간이다. 나에겐 언제나 내가 나의 아둔한 왜소함이다. 내가 어떻게 친구의 그림자와 마주할 수 있을까. 어떻게 흘러내리는 친구의 그림자를 만지고 그것으로 세수를 하거나 나의 그림자로 검댕이 묻은 친구의 얼굴을 씻기는 일을 욕망할 수 있겠는가. 나는 깨닫고 싶다. 친구와 나 사이의 어스름한 공간, 잿빛으로 어지럽게 나풀거리는 그림자들 사이에서 친구의 그림자와 나의 그림자를 구별하고 싶다. 나의 그림자와 친구의 그림자를 착각하고 싶지 않다. 나의 그림자를 통해 친구의 그림자를 오해하고 싶지 않다. 나는 친구의 그림자를 응시하고 싶다. 그러나 각자의 그림자들은 홀로된 장소에서만 간신히 선명해지는 것 같기도 하고…… 친구는 정오에 잠들어 자정에 가까운 시각 잠에서 깬다. 엎드려 누운 친구에게로 쏟아지는 정오의 햇빛은 날붙이 같다. 햇빛은 반짝거리다 친구의 주변에서 녹슬어 구부러진다.

담요가 헝클어진다. 어둠이 자욱하게 내린 방 안에서 친구는 매트리스에 걸터앉아 흐린 시선으로 어떤 모서리들을 바라본다. 어느 모서리, 책장의 모서리이거나 부엌의 모서리, 가로와 세로가 뾰족하게 꺾이는 지점. 친구는 책을 읽지 않는다. 나는 친구 곁에 서서 모발이 얇은 친구의 머리카락을 쓰다듬는다. 친구는 영화를 보지 않는다. 담배를 피우거나 맥주를 마시지도 않는다. 나는 친구에게 뭘 좀 하라고 부추기지 않는다. 우리의 대화는 간헐적으로 맞닿고 자주 끊긴다. 말의 간격 속에는 말이 품고 있는 비가시적이며 손상되기 쉬운 이미지들이 현미경 아래의 플랑크톤처럼 떠다닌다. 친

구는 깨자마자 구식이라 세면대가 없는 화장실에서 양
치질을 한다. 손을 떨면서 말이다. 왜 그렇게 멍하니 주
저앉아 있어. 나는 묻는다. 저혈압이라 잠에서 깨는 것
도 힘들고 생각이 잘 이어지지 않아. 요즈음엔 잊어버
릴 일이 아무것도 없어서 다행이야. 언젠가부터 차가운
수면 아래에 계속 발을 담그고 있는 것 같은데 지나치
게 지나치는 것들을 붙잡아 내 호주머니 속에 집어넣는
일이 너무 어려워. 나를 비우지 않으려면 그걸 많이 가
져야 하는데. 친구의 목소리는 작고 나지막하다. 나는
내가 친구를 사랑하고 있다고 느낀다.

　　　　나는 대교를 걸어서 통과해갔다. 나는 자주 친구
에 대해서 생각하지만 내게 끼치는 친구의 영향력에 대
해 더 몰두하고 있는 것만 같다. 그래선 아무것도 나아
지지 않을 텐데. 나는 나를 싫어하고 있었다. 자기혐오
와 허기, 망상이 나를 억류하는 자아의 트라이앵글이었
다. 나는 강을 가리는 철제 난간을 손바닥으로 쓸며 계
속 갔다. 손바닥이 난간의 먼지로 더러워졌다. 나는 손
바닥을 털었다. 어둠 속에서 강물이 동요했다. 가느다란
빛의 벌레들이 수면을 기어갔다. 한낮의 한가로운 물
빛과 달리 흐름이 혼탁했으며 기포가 끓어오를 때마다

물 위에 스며든 붉은 빛들이 허무하게 바스러지고 있었다. 나는 쇠약한 불꽃들을 천진하게 운반하고 있는 수천 척의 종이배를 상상했다. 미등이 순식간에 멀어졌다. 내 곁을 스치는 차량이 경적을 울렸고, 나는 모든 차량이 소음으로 공간을 찢어발기고 있다고 느끼며 너덜거리는 배후에서 저절로 새로워지는 사람의 남루함 속에 머물러 있었다. 양쪽 검지로 귀를 막았다. 비도 오지 않는 한밤에 우산을 쓰고 걷는 불길한 남자는 얼굴의 반이 매끈하게 잘려 있었고, 나머지 얼굴 또한 명암이 다른 얼룩들의 누덕누덕한 조각모음에 불과했다. 나는 정면으로 다가오는 남자의 어깨를 마술처럼 피할 수 있었다. 다행이었다. 남자의 몸에서 나프탈렌 냄새가 났다. 나의 어려운 감정적 상태에 대해 끝없이 서술할 수 있겠지만 이제 그만두고 싶다. 나는 상태의 저글링에 능하다. 나는 지금보다 나은 서술의 방법을 발견할 수 있을 것이다.

*

목련이 밟혀 있었고 그것은 미끄덩하게 깔린 바

나나 껍질을 연상시켰다. 가로등과 벚나무가 친밀했으며 벚꽃은 아름다웠다. 벚꽃이 어깨로 떨어졌다. 나는 친구에게 전화를 걸었다. 전화기가 꺼져 있었다. 나는 술집들 사이를 어슬렁거렸다. 그중 한 곳으로 들어갔다. 안경에 김이 서렸다. 나는 계산대 앞에서 한참을 두리번거렸다. 이윽고 남자가 나왔다. 남자가 가자고 말했다. 담백한 말투였다. 남자는 만취한 사람처럼 보이지는 않았다. 그러나 차량을 주차했던 장소를 기억하지 못했고 그때부터 제 시계와 넥타이를 풀어 호주머니 속에 쑤셔 넣었다. 공용 주차장은 만석이었다. 남자는 내게 은색 아반떼를 찾아오라고 말했다. 남자가 연석 위에 걸터앉았다. 주름진 정장 바지 사이로 벚꽃이 흩날렸다. 나는 남자가 건넨 차량 열쇠의 버튼을 눌렀다. 음향이 들리는 방향을 쳐다보았다. 차량들 사이엔 공란이 없었다. 나는 운전석에 앉아 시동을 걸었다.

　　헤드라이트를 켰다. 정면이 밝아졌다. 뒷자리에 앉은 남자는 좌석 뒤쪽에 꽂힌 잡지를 빼내 읽는 척하다가 갑작스레 허우적거렸다. 서울 근교의 지명을 이야기했고 집에 데려다주어 고맙다고 말했다. 나는 가끔 말이 많아지지만 말을 하지 않을 때는 대개 머릿속으로

내가 하지 않은 말들이 하품처럼 지나가는 것을 바라본
다. 나는 타인의 운전석에 앉을 때마다 그 공간의 냄새
때문에 메슥거리는 기분을 느낀다. 나는 오늘 상상 속
에서 친구를 닮은 인형을 매장했다. 어릴 적에 기르다
죽은 기니피그를 매장했던 삭막한 모래밭의 정경이 떠
올랐다. 기분이 이상했다. 흙더미에 가라앉으며 인형이
말했다. 내가 파헤쳐지면 죽을 줄 알아. 나를 뚫어져라
올려다보면서 그랬다. 나는 울고 싶었다. 기니피그를
매장한 모래밭은 눈에 초점이 없는 어른들이 고쟁이를
입은 채로 계단에 주저앉아 있던 임대아파트 단지 근처
였다. 버려진 놀이터였으며 내가 가진 작은 모종삽으로
는 모래를 깊게 팔 수 없었다. 주변을 무기력하게 어슬
렁거리는 어른들이 식칼로 내 배를 갈라 내장을 절취할
것만 같았다. 내 몸에 구더기가 끓어오르면 죽을 줄 알
아. 나도 그런 거 정말 목격하고 싶지 않다.

　　마음을 잘 간수해야 돼. 결국 자신을 아낄 사람
은 자신밖에 없어지잖아. 친구의 손목이 부드럽게 회전
한다. 내가 밖으로 나간 뒤 친구는 내 책상 앞에 앉는다.
네가 거기 얼굴을 묻고 잠들면 오래전부터 책상에 놓
아두었던 도깨비 조각상이 살아나 바늘 크기의 죽창을

치켜들고 네 귓속을 찔러. 나는 이게 조금 귀엽고 재밌는 이미지라고 생각하는데 네 귓바퀴 아래로 진피가 흘러. 형광등은 한참 전부터 꺼져 있다. 의자 등받이가 뒤쪽으로 기운다. 의자는 아슬아슬하게 넘어지지 않는다. 장판에 홈이 팬다. 네가 내 집을 함부로 쓰는구나. 나는 생각한다. 너는 이불도 개지 않고 내 물건도 마음대로 만져. 친구는 내게 사과하지 않는다. 나는 흐트러진 내 방을 매개로 내가 부재하는 자리에 남겨진 친구의 궤적을 복기할 수 있다. 친구는 말한다. 네가 내 숙식을 책임지는 사람이었으면 좋겠어. 종일 잠을 잘 거고 식비가 많이 나오지는 않을 거야. 친구는 오래 준비했던 말을 내뱉고 지쳐버린 것처럼 보인다. 확실치는 않은 기억이다. 사실 나는 친구에게 나와의 동거를 승낙했던 기억이 없다. 어쩌면 친구가 내 집에 얹혀사는 사람이 아니라 내가 그의 집에서 신세를 지고 있는 입장인지도.

　　그날은 비가 내리던 날이었다. 폭우가 쏟아지기보단 서늘한 물의 입자들이 대기를 부유하는 척척한 휴일이었다. 비염이 심한 나는 코를 훌쩍이며 우비를 뒤집어쓴 채 벤치에 앉아 있었다. 공원은 한산하고 쓸쓸했다. 나는 짓이겨진 기분으로 입술을 구기며 혼잣말을 했다. 나는 홈리스가 아니라 소설가입니다. 나는 극진한 손길로 잉여 세계의 점액질을 모아 끈적끈적한 부정성을 빚고 있습니다. 부채꼴 모양으로 펼쳐진 우비 밑단에 빗물이 고였다. 불꽃이 어깨를 들썩였다. 흥건한 벤치 위에서 나의 깜찍한 불꽃은 마치 다리가 달린 자족적인 캐릭터처럼 뛰어다녔다. 연소할 물질을 필요로 하지 않았던 것이다. 꺼지지도 않았다. 벤치에서 발을 구르기도 했고 걸음을 헛디뎌 미끄러지기도 했다. 나는 어수선하게 벤치를 돌아다니는 나의 불꽃을 내려다보았다. 가로수들이 안개 속에서 울창해졌다. 나는 우의 밑단을 엄지와 검지로 쥐어뜯으며 거기 껌처럼 늘어지는 비닐을 흥미롭게 여겼다. 할 일이 아무것도 없었다는 말이다. 그때 친구가 벤치로 다가왔다. 앉고 싶은데 어떻게 해야 할까요. 검은 장우산 아래로 친구가 우두커니 서 있었다.

나는 바지가 젖을지도 모르니 그렇게 하지 않는 게 좋겠다고 대꾸했다. 아무튼 그러고 싶은데요. 친구의 목소리는 속삭이는 듯했고 그보다 내밀한 차원에서 내게 암시를 걸고 있는 느낌이었다. 귓속으로 동심원이 퍼지고 수면 바깥으로 고개를 내민 마음의 물풀들이 하염없이 찰랑거렸다. 그럼 잠깐만요. 내가 갑작스레 일어서는 바람에 친구와 나는 비좁은 장우산 안쪽에서 서로의 얼굴을 정면으로 마주하게 되었다. 방금 머리를 감았는지 친구의 구불거리는 머리카락 근방에서 산뜻한 냄새가 났다. 나는 비켜섰다. 그리고 그의 어깨를 끌어당겼다. 친구는 저항하지 않았고 내 손이 향하는 궤적을 향해 힘없이 이끌렸다. 친구는 내가 앉은 자리에 걸터앉았다. 나는 친구의 우산을 가로챘다. 친구의 눈이 커다래졌다.

그래도 바지가 젖는데요. 친구가 중얼거렸다. 점과 주근깨가 많은 얼굴이었다. 헤르페스 때문인지 입매에 우둘투둘한 갈색 반점이 있었다. 한눈에도 피곤해 보였다. 나는 친구의 우산을 쓰고 등을 돌려 벤치를 떠났다. 불꽃이 나를 뒤따랐다. 태엽을 감은 장난감 강아지처럼 꼬리를 흔들었다. 나는 불꽃을 주워 나의 그을린 램프 안에 보관했다. 램프에 남은 알코올이 거의 고갈되어 있었다.

나는 공원을 한 바퀴 산책한 후 벤치로 되돌아왔다. 어쩐지 친구에게 미안한 느낌이 들었기 때문이다. 친구는 벤치에서 빗물을 마시고 있었다. 머리에 구멍이 뚫린 얼빠진 청동상 안쪽으로도 빗물이 차오르고 있었다. 청동상은 눈에 가위표가 쳐진 사수자리 소년이었다. 빗줄기가 거세졌다. 친구의 몸에서 증기가 피어올랐다. 친구는 입을 벌리고 턱을 들어 빗줄기를 향해 자신을 내어놓고는 허리를 꼿꼿하게 세웠다. 친구는 점진적으로 작아졌다. 그것은 명백한 퇴행의 과정이었다. 친구는 빗물로 아르르르, 아르르르, 지글거리는 소리를 내며 구강을 헹궜다. 거품을 뱉어냈다. 그 모습이 역하게 느껴지지는 않았다. 친구의 퇴행이 시간을 앞지르는 동안 친구는 침착함과 차분함을 잃고 산만한 몸짓으로 다리를 흔들었다. 어깨춤을 추면서 무언가를 경계하듯 불안정하게 사방을 두리번거렸다. 누가 친구를 감시하기라도 하는 걸까? 어린 시절의 친구는 저렇게 겁이 많은 아이였을까? 친구는 목까지 단추가 채워진 연미복을 입고 물방울무늬 넥타이를 매고 있었다. 얼굴이 통통하고 발그레했다.

하의는 각이 잡힌 반바지였다. 무릎까지 올라간 파란색 양말을 신은 친구의 다리가 벤치 아래에서 달랑거렸다. 구두가 지저분했다. 나는 친구에게로 다가갔다. 눈높이를 맞춘 채로 엉거주춤하게 쪼그려 앉아 구두를 벗겼다. 양말을 내린 다음 친구의 무릎에 진창처럼 엉긴 검은 피딱지를 향해 램프를 비췄다. 다쳤으면 먼저…… 집으로 돌아갔어야지. 날이 어두컴컴해졌다. 친구와 나는 우산 아래서 가늠할 수 없는 시간을 보냈다. 친구의 가냘픈 발목과 정강이는 나의 손에 꼭 알맞았다. 친구는 마치 처음부터 나의 친구였던 것처럼 간지럼을 탔으며, 내가 자신의 다친 무릎을 안타까워하는 일을 기꺼이 허락했다. 내가 아는 친구는 무릎을 다치면 혼비백산한 표정으로 벌떡 일어나 소스라쳐 좌우를 살피고는 상처가 발각되지 않도록 양말을 무릎까지 올려 신은 다음 절뚝거리며 집으로 달아나버리는 아이인데. 그러나 그날은 유난히 엄살을 부리기까지 했다.

걸을 수 있지? 친구가 나를 따라왔다. 집으로 향하는 과정에서 친구가 점점 원래의 나이로 자라났기 때문에 그것은 납치나 유괴 같은 범죄라고 할 수도 없고, 그러나 친구는 이후에도 자신의 집으로 돌아가지 않았다. 저는 문학을 할 거고요. 문학을 하려는 이유는 문학이 저를 미워하기 때문이에요. 우산 속에서 친구의 얼굴을 곁눈질하면 내가 그를 선망하는 풋내기가 된 기분이었다. 집으로 향하는 길은 험하고 멀었다. 여전

히 나는 램프를 들고 있었다. 그때 램프의 연료가 조금
이라도 모자랐다면 어땠을까. 눈앞이 캄캄해진다면, 친
구의 기척이 얼굴을 가린 어둠 속에서 흐느낀다면 나는
그것이 친구에게서 유출되는 호흡이었다는 사실을 알
아채지 못했을 것이다. 친구는 왜 내게 자신을 의탁하
길 원했을까? 나는 어떻게 친구를 사랑할 수 있었을까?

초가 타오른다. 촛농은 녹아내린다. 꿀벌의 꽁
지 같은 작은 불꽃. 나는 허공을 향해 수직으로 상승하
는 연기를 떠올린다. 연기는 반듯하다. 연기는 춤추지
않는다. 방은 밀폐되어 있다. 친구는 천장 아래로 둥글
게 고이는 연기의 흐름을 향해 입김을 불어 넣는다. 산
산이 흩어지는 연기의 흐름을 바라본다. 보이지 않는
매듭이 느슨해지고 교차해 굳어진 마디들이 되풀이해
풀어지고 있는 것 같다. 방은 고요하다. 모든 사물은 개
별적인 고독의 현전이다. 친구가 해산시킨 연기의 흐름
이 유령처럼 사물들 사이를 부유한다. 친구는 촛불을
향해 말을 걸지 않는다. 촛불이 퍼뜨리는 광채의 하늘
거리는 막이 친구의 얼굴을 아마포처럼 감싼다. 친구는
촛불이 놓인 책상 앞에 앉아 자신의 마음을 움켜쥔다.
눈을 감으면 감은 눈앞으로 무형의 새파란 잔상들이 물

결친다. 망막에 번진 얼룩들은 감은 눈 속을 밝히거나 구멍을 내지 않고, 마치 볕에 수분이 마르듯 천천히 휘발되어서, 친구는 어느 순간 빳빳하게 건조된 어둠의 기다란 장막들에 겹겹이 가로막히고 만다. 친구는 앉은 자세 그대로 고개를 기울인다. 노트 위에 낙서를 한다. 불꽃은 낙서를 태워버리지 않고 우글거리는 필체들 사이의 빈틈으로 느리게 스며들 따름이다.

친구의 눈동자는 여기 존재하는 눈동자가 아니야. 나는 생각한다. 너와 내가 이런 성격을 가지고 있을수록 우리는 스스로의 마음을 더 투명하게 바라보기 위해 노력해야 돼. 세계는 굴절된 채로 도달한다. 현상의 무감한 재봉틀이자 삐뚤빼뚤한 봉제선인 언어를 통해 이 굴절된 현상을 교정할 수 있었다면 좋았겠지만…… 언어는 종종 무언가를 가리키는 손가락이 아니라 친구를 지적하고 꾸짖는 무수한 손가락질이 된다. 쯧쯧쯧. 언어가 친구를 포위한다. 칭얼거리는 미성년자 새끼. 친구는 달랑거리는 손가락들 사이에 유기된 채 옴짝달싹할 수 없는 처지다. 제 밥값도 못 하는 새끼. 치아를 딛고 뛰어오르는 어눌한 혀끝이 담장 아래로 쓰러지는 것이다. 각자는 각자의 굴절 속에 있다. 사람마다 가지고 있는 사전이 다르다는 말이 떠오른다. 어떤 사람들은 서로의 사전에서 비슷한 말들을 골라 교환하며 어스름 속에 은폐된 마음의 깨진 거울 조각들을 조립한다. 세계는 굴절될 수 있기에 평면이 아니다. 그것은 수면 아래를 향해 여러 가닥으로 잠수하는 빛의 찢어진 감도이다. 빛은 훼손된 채로 살아남는다. 다른 어떤 사람들의 사전, 그것은 오직 자신만을 위해 작성되어 세계가 그 사전 안에서 길을 잃어버리고 만다. 누군가에 의해 들추어질 때마다 노골적인 먼지를 토해내는 그 두꺼운 사전은 해독되거나 다른 이들을 통해 번복될 수 없으며 그렇기에 완강하고 고유한 물성으로 실재하는 검은 사각형이기도 하다.

　　의자가 삐걱거린다. 사각거리는 소리가 들린다. 벌레가 푸른 잎사귀를 게으르게 갉작이는 소리처럼. 그런 소리를 들어본 기억은 없다. 그러나 그런 소리를 증폭시킨 것 같다. 친구의 필체는 무언가를 표현하려다 재차 그것을 그만두는 과정 사이에서 진동하는 어떤 맹목적인 주저함이다. 노트가 난잡해진다. 나는 낙서에 낙서를 덧붙이는 방식으로 온전한 표현을 망가뜨리는 친구의 낙심, 부정, 중단, 상실이, 언제나 표현의 망실을

반복하는 친구의 더듬거리는 그림자들이 궁극적으로
노트 전체를 새까맣게 만들어버리리라고 생각한다. 만
약 그렇게 된다면, 단지 친구의 낙서가 검은 것에 검은
것을 덧칠하는 방식에 불과하다면, 해지고 찢어진 어둠
을 깁는 해지고 찢어진 어둠이 바로 친구의 내면이라
면, 친구의 표현이 모두 감추어지고, 낙서가 퍼붓는 칠
흑 속을 헤매는 불능의 의지들만이 뒤엉켜 교차하며 필
체의 검은 사각형 안을 구름처럼 맴돌고 있다면, 할퀴
며 들볶고 신경질적으로 이지러진다면, 그림자들이 범
람하고 있다면, 빽빽하고 억센 허무가 소란스레 계속된
다면, 부패한 엔진을 닦으면 헝겊에 들러붙는 눅진하고
끈적거리는 부산물처럼, 탈진할 때까지, 평면이 궤적의
의지로 뒤흔들릴 때까지, 검은 톱밥을 튀기며 명백한
어둠을 대패질하는 집요함이 검은 사각형을 갈아엎을
때까지, 그러한 방식으로 자신의 뾰족하고 새까만 머리
를 맨바닥에 문지르고 있는 사람이 바로 나의 친구라
면, 나는 그 검은 사각형 앞에서 대체 어떤 말을 덧붙일
수 있을까. 내 책상에 놓인 물체가 바로 그 구토하는 추
상이라면.

　　취객의 중얼거림 속에는 내가 솎아낼 수 있는

단어들이 없었다. 나는 라디오를 켰다. 귓속에서 이명이 들렸다. 가로등이 일정한 간격으로 이어졌다. 도로는 한적했다. 페달을 밟아도 나아가는 느낌이 들지 않았다. 예컨대 나는 어떤 적막한 렌즈 속에 감금되어 있었고, 눈앞의 세계는 확대되거나 가까워지기를 되풀이할 뿐 내가 속한 렌즈를 깨트리지 못했다. 내겐 기계가 아니라 망치가 필요할 것 같았다. 그럼에도 나는 차선이 휘어질 때마다 그러쥔 핸들을 조금씩 가다듬고 있었다. 그것은 거의 관성적인 일처럼 여겨졌다. 가령 나는 나만의 중력 속에서 줄넘기를 하고 있었다. 줄이 없으면 제자리에서 줄넘기 연습을 했다. 새빨갛게 상기된 얼굴로 아무것도 붙잡지 않은 양손을 휘저어댔다. 강당에는 아무도 없었다. 골대를 빗맞은 농구공이 지면을 강타하고, 다시 떠올랐다가…… 그보다 짧은 포물선을 그리며 재차 떨어지고…… 텅 빈 강당의 미끄러운 바닥을 가로지르며 끝내 내 앞으로 도달하는 것이다. 그러면 나는 농구공을 주위 골대를 향해 내던지는 대신, 공을 발끝으로 살며시 밀쳐…… 대체 어째서…… 공이 다시금 내게서 멀어지는 모습을 눈을 가늘게 뜬 채 바라본다. 농구공은 소리 없이 사선으로 굴러가지만……

얼마 후 갑작스레 휘어지고…… 그러니까 누구의 힘
도 개입하지 않았는데도 그것 스스로 방향을 변경하면
서…… 어떤 물리적인 법칙과 무관하게, 마치 어떤 불
가해한 자력에 이끌리듯 타원형의 가상적인 궤도에 합
류하고는…… 방해받지 않고, 정지하지 않고, 회전하면
서, 그저 그러한 타원형의 보이지 않는 트랙을 설계하
는 것이 강당 자체의 경향인 것처럼 공간의 가장자리를
따라가기 시작하는데…… 그러니까 나는 얼굴이 증발
할 때까지 줄넘기를 하고, 공은 그칠 리 없이 지속되는
줄넘기의 메아리인 것처럼 말이다!

*

농구공은 끝없이 실이 풀리는 둥근 털실 뭉치처
럼 붉은 선을 그으며 강당을 선회했다. 지치지도 않았
다. 나는 줄넘기를 그만두었다. 털실의 진행은 거의 무
한정이었다. 경비원이 슬리퍼를 끌며 다가왔다. 내게
랜턴을 들이밀었다. 나는 아반떼 뒷좌석에 짐짝처럼 내
팽개쳐진 취객을 향해 고함을 쳤다. 취객은 혼곤한 잠
에 빠져 헤어나지 못했다. 술을 먹으면 곱게 처먹을 것

이지 왜 애먼 사람에게 민폐를 끼치고 있는가. 경비원이 인터폰으로 가족을 부르겠다고 말했다. 나는 취객의 지갑을 훔치고 싶었다. 나는 어린 시절 심한 도벽이 있었는데 그 습관에 제동이 걸린 것은 막 중학교에 올라갈 무렵이었다. 나는 그 시절부터 타인의 물건에 고의적으로 손을 대지는 않았지만 간혹 그런 기회가 왔을 때 훔치려는 충동을 제어하기 위해 스스로와 갈등하는 버릇이 생겼다. 화가 났다. 나는 지갑을 챙기는 대신 취객의 차량 뒷좌석에 가져가도 들키지 않을 물건이 있는지 더 살펴보았다. 취객이 입맛을 다셨다. 아파트 로비에서 여자 둘이 나타났다. 취객의 아내와 딸이었다.

나는 황급히 인사를 하고 자리를 벗어났다. 새벽 두 시가 넘은 시각이었다. 취객이 사는 아파트단지를 벗어날 때쯤 수수료를 제한 대리운전 급여인 2만 4천 원이 입금되었다. 나는 머리가 어지러웠다. 대리운전 어플로 배차를 잡으려 했지만 대개 엉뚱한 방향이었다. 내 거주지 쪽으로 향하는 배차를 찾을 수 없었던 것이다. 나는 어느 배차든 닥치는 대로 선택해 푼돈을 버는 것이 미래를 위해 더 생산적인 일이라고 생각했지만 동시에 내겐 써야 할 소설이 있다는 사실을 떠올렸다.

이런 상황에선 소설이 인생의 함정이라는 생각만 든다. 나는 외투 주머니에 뚫린 구멍 속으로 동전 몇 개를 빠트렸다. 걸음을 뗄 때마다 점퍼 밑단으로 처진 동전들이 짤랑거렸다. 신선한 새벽 속을 산책하는 일(물론 나는 버스가 끊겨 이 낯선 동네에 고립된 것에 불과하다), 더는 추위 때문에 몸을 움츠리지 않아도 되는 봄밤, 나는 피곤하고 우울한 파김치가 되어 있었지만, 그럼에도 언젠가 내가 다른 사연들 때문에 파김치가 되어 집 근처 골목을 누비던 과거의 나날들을 회상할 수 있었다. 거리엔 인적이 없었다. 나는 횡단보도를 건넜다. 내 허리까지 자라난 관목들을 뜬금없이 헤집기도 하는 마음이 심심하지 않았다.

　　나는 가까운 피시방으로 들어갔다. 소설을 쓰기 위해서였다. 친구는 여전히 전화를 받지 않았다. 걱정은 여전했다. 나는 언젠가 조짐도 없이 친구가 내 집에서 도망치리라고 믿고 있었다. 내가 개를 납치한 것도 아닌데. 내가 밥도 주고 피난처도 제공했는데. 고마움이라고는 모르는 녀석이네. 나는 못마땅한 심경으로 입술을 비죽 내밀고 툴툴거릴 것이다. 자기혐오, 허기, 망상이라는 친구의 트라이앵글은 이러한 변덕스러운 탈출을 통해 일시적으로 부서질 것이며, 그러나 친구는 장소를 능가하며 귀환하는 자신의 견딜 수 없는 트라이앵글을 그가 떠날 별개의 장소에서 다시 반복해야만 할 것이다. 탈출이란 단지 발가벗는 일이 아니라 어떤 요령부득 속에서 발가벗는 일에 관한 의지가 소진되지 않는다는 사실 자체이며, 나는 이러한 생각들 속에서 친구의 기이하고 환원될 수 없는 내적 파열을, 친구의 거듭되는 개인적인 실천을 응원할 수도 있을 것이다. 무지와 불가해함 속에서 말이다. 마치 전적으로 미친 사람을 환대하는 글쓰기가 누군가의 자폐적이며 무분별한 언어를 받아쓰기 위해 비축한 역량의 전부를 팔아치우듯이 말이다. 그렇지만 아직은. 나는 친구가 떠나기를 원치 않았다. 내가 없는 내 방에서 마치 나의 환각처럼 존재하며, 그가 내 방을 지키는 새카만 눈빛의 불침번이기를 소망했던 것이다.

그러나 나는 쓴다: 책상 위에서 낙서가 멎는다. 간질거리는 살갗, 지금 몸의 얼개는 허구의 외부와 격렬하게 마찰하며 뒤죽박죽으로 끓어오르고 있는 것 같다. 친구는 엷은 미소를 띤 채로, 아무런 생각도, 어떤 행동도 할 도리 없이, 마치 제자리에 박제된 실물 크기

의 인형처럼 왼손을 책상에 올려놓은 다음 아득한 부동
성을 잠시 동안 유지하고 있다. 웅성거리는 낯모를 그
림자들이 현기증을 통해 형성된 어떤 까마득한 중심을
향해 빨려 들어가고, 생각의 정지, 움직임의 완벽한 마
비, 인식의 와류, 출처가 없는 우발적인 감각들의 회전
목마에 탑승하면서, 친구는 자신에 의해 떠내려가고, 눈
앞의 공백을 눈부신 은판처럼 느끼며, 나는 곧 그것이
닥치리라는 사실을 예감할 수 있지만…… 예감 또한 아
주 축소되어 걷잡을 수 없는 잠정적인 위기 속에……
그것이 부여하는 억지할 수 없는 강박 속에서…… 갑작
스레, 친구는 마치 의자가 그를 튕겨내듯 바닥으로 엎
질러진다. 친구의 온몸이 세차게 뒤흔들린다. 새하얀 경
련은 머리에서 시작되어 척추를 수직으로 관통하듯 과
격한 손길로 친구를 마사지한다. 눈동자가 울렁이는 기
관처럼 박동한다. 입술은 뾰족하게 솟아올라 친구가 내
뱉는 신음 내지는 항변이 줄줄 새는 거품으로 미끄덩
하게 얽히는 모습을 고스란히 노출하고 있다. 그리하
여 지금, 친구의 머릿속에서는 어떤 단조로운 대답들이
폭발하고, 그것은 아니, 아, 아니야, 저, 저기, 저긴요, 그
래, 그, 그만, 더, 덜, 더, 덜, 덜요, 누가 무엇을 질문하지

않았는데도 그 대답들은 한 줄기의 뒤얽힌 타래로 합류해 벼랑을 향해 낙하하며, 친구의 의식은 그러한 폭포를 얼떨떨하게 얻어맞으면서…… 시간의 굳어진 더께에 의해서가 아닌…… 이글거리는 망각의 아가리가 친구의 머리를 덥석 깨무는 바람에…… 친구는 한동안 바닥에 드러누워 의식을 되찾지 못한다. 뇌파가 찢어진다. 들이닥친 발작이 머릿속의 구슬들을 모조리 쏟아낸다.

나는 다시 쓴다:깨어난 친구는 강당에서, 대로변에서, 아르바이트를 했던 편의점에서, 교실이나 비행기에서, 다른 친구나 어머니 앞에서 그러한 일이 벌어지지 않았다는 사실이 다행스러운 일이라고 생각하기도 한다. 바닥이 싸늘하다. 실감이 휑뎅그렁하게 정체된다. 친구는 발작이 닥치는 회로나 그 조건을 파악할 수 없지만 항상 뭔가를 주의해야겠다, 조심할 필요가 있겠다는 막연한 생각에 사로잡힌다. 그러므로 친구에게 사건이란 외부에서 침입하는 것이 아니라 언제나 그의 아찔한 머릿속에 잠복하고 있는 것만 같다. 친구는 그림자들의 헝클어진 덤불 속에 몸을 엄폐한 형형한 눈빛들이 자신의 생활을 수월하게 허물어뜨리리라는 사실을 알고 있다. 그것을 막을 수 없으리라는 것도. 친구

는 비척거리며 바닥에서 몸을 일으킨다. 나는 방을 나서는 친구의 뒷모습을 바라본다. 얄팍한 배낭, 길게 빠져 굽어진 목과 움찔거리듯 놀라는 어깨, 보폭이 크지 않고 발을 지면에서 내어 끄는 것 같은 그 걸음걸이를.

내 상상 속에서 친구가 살았던 나의 방은 네 벽면이 유리로 만들어진 밀실이다. 나는 그 투명한 큐브 앞에서 친구의 사소하고 무기력한 생활을 온전히 관찰할 수 있다. 친구는 나를 의식하지 않는다. 그러나 이미 친구가 떠나버린 방, 나의 세간들이 누구의 손길에도 어지럽혀지지 않고 정갈하게 비치되어 있는 바로 그곳.

어쩌면 나는 매번 이러한 것을 쓰고 있다: 연이어 그 방의 중심에서 장작들이 불타오르고 있는 것 같다. 촛불이 쓰러진다. 계단을 닮은, 기도하는 손들을 줄줄이 꿰어 장작의 목덜미에 걸 수도 있을 것 같은, 그러나 밀면 밀치는 대로 쓰러질 짚단에 불과한 그 장작들은 누군가 기름을 붓고 불을 붙이지 않았는데도 넘실거리는 화염의 먹이가 된다. 연기가 방을 둘러싼다. 불길은 거무튀튀한 연기에 잠식된다. 밀실에 고인 연기는 빠져나갈 틈새를 찾지 못하고 불길 주위를 자전한다. 연기가 실내의 온갖 구석을 향해 검은 미립자를 퍼트린다. 스크린이 마비된다. 밀도 높은 연기는 마침내 천장을 들이받으며 요동친다. 실내는 무너지지 않는다. 연기는 내향한다. 내벽에 그을음이 생긴다. 세간을 집어삼키는 불길이 쇠약해지고, 나부끼는 불의 소매가 잦아드는 동안에도 연기는 자욱한 실내에서 좀처럼 잠잠해질 기미를 보이지 않는다. 큐브의 얼개는 견고하다. 그을음이 내벽을 가득 채우고 난 뒤 유리로 된 방은 그저 검은 각설탕처럼 보이기도 한다. 빛을 차단한 암실, 열쇠를 분실한 상자처럼 보이기도 한다. 어떤 빛도 투과하지 못하는 새카만 유리. 첫차를 타고 집으로 돌아간 다음 나는 불타버린 나의 집에서 친구의 잔해를 수집한다. 돌이킬 수 없는 일이 일어났고, 나는 손에 묻은 재를 바지에 문지른다. 불탄 자리를 뒤적거리면 동전을 발견할 수 있다. 그을음을 간직할 수 있다. 머리가 뜯어진 인형과 앙상한 칫솔, 피복이 벗겨진 전선들, 불이 먹다 버린 책들, 출처 모를 헝겊과 나무토막, 골격만 남은 침대 세트, 용수철, 검게 반질거리는 태엽, 친구를 닮았지만 건드리자마자 일시에 내려앉을 잿더미로 된 허수아비들까지. 잔해들은 얼마든지 있고 나는 그것들을 나열할 수 있다. 이제 그곳은 나의 집이 아니라 나의 친구가 실종된 장소이기 때문이다.

2022 : 지난 계절의 일기

　　날씨가 종일 흐리다. 시간은 오후에서 저녁 사이 어디쯤. 귓속에 물이 들어간 것 같은 먹먹한 적막이 대기에 감돈다. 비가 쏟아지면 고요함을 으깨는 빗소리를 듣게 되겠지만 비는 내리지 않는다. 나는 은근히 기대하고 있는지도 모른다. 빗소리와 함께 창문을 향해 고개가 돌아가는 바로 그 순간을. 나는 지금 우산을 소지하고 있지 않다. 나는 일주일에 두 번 출근하는 콜센터 아르바이트를 마치고 마포구에 있는 한 카페에 왔다. 조금만 걸으면 내가 예전에 우산을 놓고 왔던 다른 카페에 도착할 수 있겠지만 굳이 우산을 가지러 그곳에 들르지는 않을 것이다. 비가 내리면 새로운 우산을 살 것이다.

　　노트북 키보드에 손을 얹은 채 가만히 앉아 있다. 아무것에도 집중할 수 없이 약간은 망연자실한 상태. 나는 오늘 아주 많이 말했다. 나는 하루마다 정해진 말의 양이 있다고 생각하는 편이며 그것이 비워지면 말이 다시 차오르기까지 기다려야 한다고 느낀다. 반갑습니다. 죄송합니다. 잠시만 기다려주세요. 좋은 하루 보내세요. 오늘 내가 했던 말들은 대개 이런 식으로 열리고 닫힌다. 내가 또 말해야 하는가? 물론. 글쓰기는 그냥 말하기가 아니라 삶이 요구하는 말하기에 보태 더 말하기이다. 나는 끊임없이 문장을 늘리고 있다. 동시에 나는 글쓰기에 몰입하지는 못한 채 노트북 옆에 놓인 책의 겉장을 펼쳤다가 다시 덮었다가 소소한 야단법석을 떨고 있다.

예전에는 글을 쓸 때마다 나름대로 커다란 규모의 소란에 직면해 있다는 감각이 있었다. 왁자지껄한, 뙤약볕이 내리쬐는 대낮의 웅성거리는 인파를 꿰뚫고 나아가며 스스로를 증명하고 있는 것이라고. 그때 나는 잘 씹히지 않으며 맛은 비릿한 녹슨 금속 파편 같은 문장을, 입에 넣으면 다치거나 해로울 수도 있고 씹을 때마다 시끄러운 소리가 나는 문장들을 썼다. 요즘에는 작은 규모의 소란들을 잠재우다가 일주일을 허비하는 경우가 비일비재하다. 혼자 있어도 아웅다웅하고 있는 것 같은 느낌, 배낭 안에서 실종된 볼펜 한 자루를 찾기 위해 배낭을 통째로 뒤집어엎는 듯한 부산스러움이 최근의 나를 붙잡고 놓아주지 않는다. 나는 볼펜을 찾지 못한 채 길거리에 엎지른 물건들을 배낭 속으로 주워 담으며 난처해진 삶의 실상을 수습한다.

그런 나를 누군가가 멀뚱멀뚱한 눈빛으로 쳐다보고 있는 것 같다. 쟤 왜 저래. 목덜미로 엄습하는 시선에서 이런 말을 하는 듯한 감각이 전해진다. 나는 그 시선을 곧잘 모르는 척한다. 그리고 나는 내가 하는 모든 모르는 척이 지겹다. 나는 내가 반복해서 절망을 부인하고 있다는 의혹이 괴롭게 여겨지는데 절망을 부인하지 않는다면 어떻게 그것에 너그러워질 수 있을까? 요령과 기술이 필요하다는 생각이 든다. 실의와 낙담을 고스란히 삶의 내용으로 착오하지 않을 수 있는 내면의 곡예가, 요동치는 마음과 대화하거나 협상할 수 있는 테이블이 필요하다는 생각. 아무래도 절망과의 새로운 관계를 모색해야 하는 시점에 도달한 듯하다. 글쓰기는 삶으로 온전히 치환될 수는 없지만 삶 앞에서의 자세를 연습하는 일에는 또 꽤나 유용하다.

나는 알림장을 쓰지 않는 어린아이였다. 수채 물감을 가져오라고 하면 수채 물감을 가져가지 않아 손톱으로 하얀 도화지의 표면을 긁고 있었고, 리코더를 가져오라고 하면 리코더를 가져오지 않아 선생님께 혼쭐이 났다. 나는 바지에 똥을 싸면 입을 굳게 다문 채 똥 위에 앉아 있는 어린아이였다. 수업이 끝나고 같은 반 친구들이 전부 귀가할 때까지. 나는 준비되지 않은 현재 속을 둥둥 떠다닌다. 나는 결국 편의점에 들러 볼펜을 새로 구입한다. 볼펜은 시간이 지나서야 같은 배낭 안에서 뒤늦게 발견된다. 발견되는 것이 아니라 반송되는 것 같다. 나는 그렇게 되리라는 사실을 미리부터 예감하고 있다. 왜 그때는 없다가 이제야 나타난 거니? 나는 묻는다. 사물은 대답하지 않는다. 그러나 사물의 대답 없음이란 종종 사물이 건네는 순수한 대답처럼 여겨진다. 필통을 사면 되잖아. 그러나 나는 종종 필통에 볼펜을 넣어야 한다는 사실을 잊어버린다.

저녁 산책을 위해 대로를 건너 벽돌집이 즐비한 언덕을 오르면 정상 즈음에 손기정체육공원이 있다. 그곳에는 손기정의 얼굴을 조각한 커다란 토르소가 있다. 나는 대개 그 토르소를 찍고 집으로 돌아오는 편이다. 산책로의 반환점이 손기정의 얼굴인 셈이다. 나는 손기정의 차가운 코와 뺨을 만진다.

공원 어귀에는 피니시 라인으로 들어오는 손기
정의 모습을 재현한 실물 크기의 동상도 있다. 가끔 나
는 몸을 비틀며 감격과 환희를 표현하는 듯한 손기정
동상의 엉덩이를 가볍게 두드리거나 친근하게 어깨동
무를 하면서 마라톤을 완주한 그를 축하하기도 한다.
순전히 나의 소박한 기쁨을 위하여. 침울해지면 손기정
동상과 접촉할 심리적인 여유를 잃어버리기 때문에 손
기정 동상을 어루만지며 소박한 기쁨을 수확할 수 있다
는 건 현재의 내 상태가 그리 나쁘지만은 않다는 뜻이
다. 손기정체육공원으로 향하지 않고 샛길을 향해 방향
을 꺾으면 야트막한 배드민턴장이 나온다. 컨테이너 가
건물 외벽에 낡은 배드민턴 라켓이 걸려 있다. 누군가
사용하고 남겨둔 셔틀콕 또한 곳곳에 널려 있다. 친구
와 우연히 이곳을 방문하면 갑작스러운 배드민턴 게임
이 시작될 수도 있다.

나는 그곳에서 처음 만난 아저씨에게 배드민턴
을 치자는 제안을 받은 적이 있다. 나는 당연히 거절했
다. 괜찮아요. 등산용 조끼를 입은 땅딸막한 체구의 아
저씨였고 라켓을 과장된 몸짓으로 휘젓고 있었다. 민망
해서 거절한 것이 아니라 내가 자신에게 처참하게 패하

지는 않을까 무서워서 시합을 포기한 것이라고 믿고 있는지도 몰랐다. 지금 하는 생각이다. 아무튼 그 모습을 멀찍이 바라보다 어색하게 머리를 긁적이며 배드민턴장을 빠져나왔다. 왠지 모를 아쉬움이 남았는데, 한 게임 정도 같이 배드민턴을 치는 것이 어렵지도 않았을 것이고, 높게 떠올라 낙하하는 셔틀콕에 라켓을 휘둘러 깔끔하게 받아치는 손의 감각이 그립기도 했기 때문이다. 셔틀콕을 튕겨내지 못하고 헛스윙을 하거나 토스가 시원찮을 경우 아저씨는 나의 멀쩡하고 쓸모없는 허우대에 관해 품평을 늘어놓았을 수도 있다. 평소에 내 허우대에 관한 품평은 곤혹스럽거나 기분이 좋지 않지만 배드민턴 게임을 하는 도중이라면 어쩐지 즐거웠을지도 모르겠다.

　「도깨비와 배드민턴」. 달밤에 예고도 없이 나타나 씨름 대신 배드민턴을 제안하는 도깨비 이야기. 밤새 라켓을 치켜들고 우왕좌왕하며 땀을 흘리다 어느새 새벽이 되고 배드민턴장 안으로 푸르스름한 여명이 드리워진다. 셔틀콕을 넘긴 뒤 코트 너머를 바라보자 도깨비는 이미 증발한 뒤. 찢어진 입꼬리만이 뒤늦게 사라진다. 체셔 캣처럼. 주인을 잃은 라켓 옆으로 깃털을 닮은 셔틀콕이 툭 하고 떨어진다. 나는 언젠가 그런 소설을 쓰면 좋겠다는 생각을 하며 언덕을 내려왔다.

*

　　얼마 전에 고등학생들을 대상으로 윌리엄 포크너의 「에밀리에게 바치는 한 송이 장미」를 읽고 짤막한 글을 쓰는 강독 수업을 했다. 한 아이가 내게 손을 들고 질문을 했다. 선생님, 여기 제목에 나오는 장미의 색깔은 뭐예요?

　　나는 생애 내내 「에밀리에게 바치는 한 송이 장미」를 열 번도 넘게 읽었지만 장미의 색깔에 대해서는 한 번도 생각하지 못했다. 에밀리의 평평한 묘석 위에 놓인 몇 송이의 붉은 장미. 그런 이미지가 떠올랐다. 나는 붉은 장미가 아닐까, 그것은 소설의 마지막 부분에 등장하는 에밀리의 청회색 머리카락이나 세월의 먼지에 뒤덮인 침실의 광경과 대비되는 강렬한 색깔이지 않겠느냐고 대답했다. 형편없는 대답이었다는 생각이 가장 먼저 들었다. 수업이 끝난 후 그 아이가 내게 다가와 파란 장미의 꽃말을 일러주었다. 저는 꽃말을 생각했어요. 파란 장미의 꽃말은 원래 불가능이었는데 진짜 파란 장미가 나온 이후에는 불가능의 실현으로 바뀌었대요.

나는 이런 말이 재밌었다. 에밀리에게 바치는 한 송이의 파란 장미. 에밀리에게 바치는 한 송이의 노란 장미. 모든 시대착오적인 인간에게 약간의 긍지를 되돌려주는 것도 괜찮지 않을까. 윌리엄 포크너의 소설 속에 출현하는, 외딴 장소에 거주하는 할머니들은 그들이 평생 시달렸던 광기와 비극에도 불구하고 그것이 결코 훼손하지 못하는, 오히려 자신의 광기와 비극을 어떤 영예로운 고독으로 승화시킬 수 있는 마력과도 같은 긍지를 갖고 있다. 모든 사람에게 세계가 함부로 손상시키지 못하는 긍지의 영역이 마련된다면 좋을 것이다. 물론 이 긍지란 어떤 이유에 의해서 종속적으로 따라오는 것이 아니라 인간의 그럴듯한 삶을 규정하는 조건들을 전부 소거한 뒤에도 다시 발견되는 잠재적인 자리가 되어야 한다. 식물이 자라나는 흙과 같은 것. 내게도 긍지가 필요하다. 나는 어떻게 그러한 긍지의 영역을 내 마음속에 길러낼 수 있을까.

사뮈엘 베케트의 「충분히」에는 들판을 떠도는 늙은 연인이 등장한다. 이들은 손을 잡거나 놓치기도 하면서 꽃들 사이를 걷거나 한참을 멈춰 있다. 걸음마다 대화가 단절되었다가 끝없이 이어진다. 이들은 가득 피어난 꽃들 사이를 배회하다 가끔 꽃을 한 움큼 따서 입에 넣고 우물거린다. 몇몇 꽃이 이들의 헛디딘 발밑에서 짓밟힌다. 소설 속에서 꽃은 진정제 역할을 한다. 가끔 꽃들은 밤하늘의 별들을 바라보기 좋게끔 부드럽게 휘어져 드러누운 이들의 몸을 지지한다.

　　「충분히」의 마지막 문단은 이렇게 시작한다. 우리는 꽃으로 연명했다. 몇 문장 뒤에는 이런 문장들이 나온다. 나는 이제 꽃을 제외한 모든 것들을 지워버리러 간다. 더이상 비는 없다. 더 이상 둔덕도 없다. 꽃 속을 배회하는 우리 둘만 있을 뿐이다. 베케트는 아주 단조롭게 이어지는 정황들 사이에서, 낙관과 희망을 한 줌도 길어낼 수 없는 탈진한 반복들 가운데서 이렇듯 아름다운 문장을 쓸 줄 알았다. 베케트가 두 인간을 버려둔 장소, 그래서 그들에게 영원한 피난처가 된 장소가 바로 이 꽃밭인 셈이다. 피난처. 나는 내가 조직하는 피난처에 대한 상상력이 풍요로웠으면 좋겠다. 내가 싸우러 나왔을 때, 내 심신이 피로로 너덜너덜해졌을 때 돌아갈 수 있는 장소들. 참외나 포도를 먹고 친숙한 누군가의 곁에서 알아듣지 못할 말들을 웅얼거려도 괜찮은 장소. 바깥의 혼란을 피해 모여든 낯선 이들이 침묵 속에서 머리를 맞대고 자신의 이야기를 보자기 안쪽의 도시락처럼 풀어놓는 대피소.

아이가 내게 장미의 색깔을 전해준 뒤 에밀리의 묘석 위에 놓인 장미들이 다채로운 색깔로 변화하게 되었다. 알록달록한 물감을 뒤집어쓴 천사들이 에밀리의 묘석 위에 앉아 손을 흔드는 장면이 떠오른다.

지난 계절 출간된 내 두 번째 책에 실린 소설인 「거위와 인육」에서도 알록달록한 빛깔로 더럽혀진 튜닉을 입은 천사가 등장한다. 이 빛깔의 정체는 물감이 아니라 거위들의 배설물이며, 이 천사는 거위 농장을 운영하는 거위들의 천사이기 때문에 그러하다. 이 천사에게는 거위들의 똥과 오줌이 아무런 문제가 되지 않는 것이다. 거위들의 오물을 칠갑한 채 천사는 매일 자신이 사랑하는 거위들을 돌보면서 살아간다. 나는 최근에 「쓰레기 천사」라는 제목의 소설을 다른 사람에게 읽히지 않을 목적으로 써서 내 블로그에 비공개로 게시했다. 타인에게 읽히지 않는 것이 목적이니 벌써 이 소설은 자신의 목적을 온전히 달성한 셈이다. 이런 글쓰기는 거의 유희에 가깝지만 나는 시간이 날 때마다 이러한 유희를 지속하는 일이 나의 긍지에 도움이 되리라고 생각한다.

나는 커다란 공허를 방어하기 위해서는 내가 양육하는 작은 공허의 자리를 보호해야 한다고 믿는다. 이 수챗구멍 같은 작은 공허가 내 삶을 끌어당기고 그것을 흔적도 없이 사라지게 한다. 부글거리며 현실을 역류시키고 소용돌이의 눈처럼 고요한 시선으로 나를 바라본다. 나는 작고 무의미한 일들을 계속하는 과정에서 커다란 공허에 대한 활로나 출구를 잠깐이나마 모색할 수 있다. 이렇게 문장을 쓰고 지울 때마다 나는 커다란 공허를 향해 가장 적극적인 방식의 울타리를 치고 있다. 그 울타리의 이름이 바로 작은 공허이기도 하다. 글쓰기가 없었다면 커다란 공허에 잡아먹혔을 것이나, 내 울타리 안쪽 또한 바깥처럼 비어 있다. 소설 속에서나 존재하는 환상들 사이를 실컷 떠돌다 바깥으로 나가면 현실의 중력이 말 그대로 목덜미를 향해 수직으로 떨어지는 기분이 든다. 내가 몰두하던 환상이 대기를 향해 산산이 휘발되며, 줄곧 중요하게 생각해왔던 것들이 실은 아무것도 아니었다는 자각을 모면하기 어려워진다. 궁지를 위해 궁지를 초래하는 것인지도 몰라. 나는 세계를 향해 말풍선을 만들어 띄울 뿐이지. 나는 찢기지 않는 얇은 막으로 봉인된 나의 동그란 공허가 세계를 부유하는 모습을 지켜본다.

　　나는 글쓰기 속에서 일종의 무無가 출현하는 순간을 생각한다. 그때 글쓰기는 투명하고 형체 없는 피부로서 아무것도 아닌 것을 감싼다. 그때 글쓰기의 물성은 예열한 프라이팬 위에서 아주 얇게 펼쳐 굳힌 크레이프 반죽이다. 글쓰기는 소용돌이 모양으로 에워싸인 무한한 숫자의 꽃잎들이며 단지 내게 튤립 한 송이를 보여주기 위해 증식하는 것 같다. 한없이 얇기 때문에 빛이 드나들고 풍경이 비쳐 보인다. 그것은 으레 말풍선이 그러하듯 나무와 동상에 걸려 있을 때 나무와 동상을 말하게 하며, 사람들의 머리 위를 둥실둥실 떠다니며 제 정처를 옮긴다. 공원의 잔디밭에서 강아지 한 마리가 뛰어간다. 너는 건들거리는 말풍선을 따라 달려가고 있구나. 말풍선이 떠가는 세계는 내 상상을 압도할 만큼, 혹은 내 상상 따위는 괘념치 않을 만큼 맑고 광대하다. 내가 글쓰기를 통해 무언가를 건축한다면 그것은 바닥에 내려앉지 않는 깃털처럼 연이어 공중을

항해할 수 있는 말풍선을 건축하는 행위에 가까울 것이다. 나는 이런 문장들을 쓰면서 내가 떠올리는 글쓰기에 대한 관념을 이 글을 읽는 사람들이 이해할 수 있으리라 기대하지 않는다. 혼자 쓰고 혼자 읽는 텍스트를 자주 생산하기. 그런 와중에 가끔 혼자 쓰고 둘이 읽어도 좋을 소설을 생산하는 사람이 되고 싶다.

「쓰레기 천사」에는 쓰레기 더미 사이에서 살아가는 호더 할머니와 할머니의 곁에서 그를 수호하는 쓰레기 천사가 등장한다. 쓰레기 천사는 쓰레기봉투의 산더미 위에 앉아 호더 할머니를 내려다본다. 호더 할머니는 매일 눈에 띄는 쓰레기들을 주워 집으로 가져온다. 호더 할머니는 쓰레기 천사를 실제로 목격하지는 못한다. 그러나 스스로를 혼자라고 생각하는 사람 주위를 떠도는 나쁜 속삭임들 대신 스스로를 격려하는 환청을 듣게 된다. 환청은 무모할 만큼 전적으로 호더 할머니의 삶을 긍정한다.

나쁜 속삭임들. 너는 무가치해. 네 삶은 망했고 앞으로도 별반 다르지 않을 거야. 당장 모든 것을 끝낼 수 있는데 그러지도 못하는 건 네가 처음부터 그것조차 하지 못하도록 설계된 사람이기 때문이야. 누구도 이런 말들 속에 방치되어서는 안 된다. 나는 우울증이 심했을 때 이런 유형의 망상적인 속삭임들 속에서 매일 서너 번씩 배달 음식을 주문해 배가 터질 때까지 먹었고 토할 것처럼 역겨워진 배를 움켜쥔 채 열 시간 이상씩 잠을 잤다. 그때의 경험은 「거위와 인육」에도 변주된 채 출현한다. 쉬지 않고 먹이가 쏟아지는 노즐을 목구멍에 삽관한 채 비좁은 공간에 갇혀 있는 누군가. 임종에 다다르는 호더 할머니의 곁을 지키는 쓰레기 천사는 할머니가 비축한 쓰레기들을 모아 새 한 마리를 만들어 선물하고 싶다는 생각을 하게 된다.

쓰레기 천사는 호더 할머니의 쓰레기들을 뒤지며 모조 새의 부리나 날개로 쓰일 가능성이 있는 물체들을 수집한다. 쓰레기 천사는 더러워지고 자신의 더러움을 개의치 않을 정도로 명랑하다. 그러나 쓰레기 천사에겐 시간이 별로 없다. 호더 할머니의 죽음이 임박했기 때문이다. 열심히 쓰레기를 헤집기만 하다가 호더 할머니의 임종에 맞추지 못하지는 않을까 하는 불안감 때문에 쓰레기 천사는 초조해진다. 쓰레기들 사이에서 유용한 물체를 건지기 위해 애를 쓰고 그런 조바심이 고조될수록 더욱 엉망으로 변하는 방의 모습이 눈앞에 펼쳐진다. 쓰레기 천사는 새 한 마리를 완성할 수 있는 아이디어를 떠올리지 못한다. 혹시 호더 할머니가 숨을 거뒀으면 어떡하지. 쓰레기 천사 또한 호더 할머니와 함께 사라지게 되어 있다. 쓰레기 천사는 호더 할머니를 수호하는 천사일 따름이니까. 쓰레기 천사는 누추한 몰골의 덜떨어진 새를, 아직 눈이나 부리나 한쪽 날개가 완성되지 않은 새를 들고 호더 할머니가 드러누운 안방으로 되돌아간다. 그래도 호더 할머니는 여전히 살아 있다. 가슴에 손바닥을 올리면 고르게 뛰는 심장의 움직임을 감지할 수 있고, 호더 할머니의 잠꼬대는 그녀가 생애 내내 몰두했던 평화로운 광기를 담고 있다.

　세상에는 눈이나 부리나 한쪽 날개가 존재하지 않는 새도 있을 것이다. 쓰레기 천사는 그것을 깨달을 것이고, 임종의 순간 호더 할머니의 왼손에 자신이 만든 모조 새를 쥐어줄 수 있을 것이다.

　그러나 이 소설은 혼자 쓰고 혼자 읽는 소설이며, 때문에 나는 이 소설의 결말을 서술하지 않아도 괜찮을 것이다.

*

오늘은 휴일이었다. 어제 맥주를 마시고 잠들어 정오 즈음에 잠에서 깼다. 날씨가 너무 좋다는 카톡 메시지가 도착해 있었다. 나 초코우유 먹고 있는데. 입구가 마름모꼴로 열려 있는 초코우유 팩이 햇볕 속에 놓여 있는 광경을 촬영한 사진도 함께였다. 단톡방이라서 따로 답장하지는 않았다. 샤워하는 도중에 면도기의 칼날이 녹슬었다는 사실을 깨달았다. 면도를 하지 않고 수건으로 몸을 닦은 뒤 드라이어로 대충 머리를 말렸다. 숙취도 없고 기분이 개운했다. 바람막이를 걸치고 밖으로 나왔다. 분명 편의점에서 면도기를 사서 집으로 돌아올 예정이었는데 왜 손에 최근 출간된 금정연 선생님의 『그래서... 이런 말이 생겼습니다』가 들려 있었는지 지금도 잘 모르겠다.

편의점에서 면도기를 구입해 왼쪽 주머니에 꽂고, 함께 계산한 비락식혜를 오른쪽 주머니에 넣은 채로 서소문역사공원까지 걸어갔다. 생선구이집 앞에 멈춰서 생선구이 한상차림을 찍은 사진을 한참 바라보았다. 김유림에게 카톡을 보냈다. 어젯밤에 '김유림의 금요낭독회'를 시청한 소감을 전달하고 싶었던 것 같다. 코로나에서 막 회복되었다는 소식을 들었는데 그래서인지 책을 낭독하는 목소리가 평소보다 씩씩하게 들렸다. 어제 목소리 당차더라. 누군가 『별세계』의 책등에 나비 모양의 열쇠고리를 달아 놓은 사진을 전송했다. 카톡을 하는 도중 김유림은 『별세계』를 이미 우편으로 부쳤다고 말했는데 당시에는 아직 집까지 배송되지 않은 상태였다. 식당에 들어가 생선구이를 먹을까 했지만 이미 샤워를 마친 뒤였다. 몸에 생선구이 냄새가 배면 뭔가 찝찝해질 것 같아 그만두었다.

　　서소문역사공원에 있는 벤치에 앉아 비락식혜를 마셨다. 금정연 선생님의 책을 읽었다. 카톡으로 서이제와 저녁 즈음 합정역 근처에서 만나기로 약속을 잡았다. 잔디 위에 『그래서... 이런 말이 생겼습니다』를 놓아두고 사진을 찍었다. 어느 운이 좋은 날 새벽에 서소문역사공원에 가면 조그만 이벤트가 벌어진다. 공원 전체에 스프링클러를 가동하기 때문이다. 식물들이 상쾌하게 물을 마시는 광경을 목격할 수 있다.

　　이 일기도 막바지에 접어들었다. 글의 초입에 흐린 날씨를 묘사하며 시작했는데 그날 집에 돌아가면서 정말 비가 내렸다. 물방울 입자가 자욱하게 떠다니는 이슬비였다. 나는 새로운 우산을 사지 않았다. 영혼은 오색찬란한 작은 회전목마다. 이곳 풀숲에 앉아 있을 때면 나는 곧장 그 위에 올라타게 된다. 영혼은 아무 말도 하지 않는다. 하지만 난 영혼이 항상 막 무슨 말을 한다는 사실을 느낀다. 이 문장들은 내가 빌헬름 게나치노의 『이날을 위한 우산』에서 밑줄을 쳐놓은 부분을 그대로 발췌한 것이다.

집에 돌아와 면도를 했다. 트레이닝복 바지를 청바지로 갈아입은 뒤 백팩을 메고 스타벅스로 가서 오은경을 만났다. 오은경은 마감 때문인지 작업에 열중하는 모양새였다. 표정이 진지하고 과묵했다. 나는 조금 떨어진 자리에 앉아 『문학동네』 여름호에 발표할 「지난 계절의 일기」를 썼다.

오은경이 일이 끝났다며 내 어깨를 두드렸다. 나가자고 했다. 오은경과 함께 향하려는 목적지는 안산자락길이었는데 나는 그곳으로 향하는 지름길을 알고 있었다. 그러나 오은경은 손안에 구글 지도를 켠 채로 말을 모는 기수처럼 나를 이끌었다. 나는 선선한 바람에 휘날리는 나뭇잎들이 내리쬐는 햇볕을 삐뚤빼뚤하게 조각내는 광경을 보았다. 대화를 나눴으나 내용은 떠오르지 않고 대신 완연한 봄이 코앞에서 흩날렸다.
나는 8년쯤 전 경기도 안산에 있는 예술대학에 다닐 때
우리가 함께 다녀왔던 분향소의 모습을 기억했다. 안산
자락길까지 계단을 오르며 산을 탔다. 오은경은 나보다
체력이 좋은 것 같았다. 나는 백팩을 멘 내 모습이 비실
비실한 거북이 같을 것이라고 상상했다.

　　나는 오은경에게 나중에 가방 없이 다시 와도
좋겠다고 말했고 엉겁결에 다음 주 수요일로 날짜를 잡
았다. 다음 주 수요일에 오은경과 나는 본격적으로 등
산을 하게 된다. 메타세쿼이아숲을 통과하는 와중에 청
솔모와 올챙이 등등과 조우한 다음 봉원사에 들러 뭔가
법력이 높은 것 같은 스님을 훔쳐보게 된다. 산속의 쉼
터에서 오은경은 능숙하게 철봉을 타고 올라가 그 위
에 걸터앉고, 그 모습이 훌륭하고 늠름하게 느껴진 나
는 철봉 위에서 산속을 조감하고 있는 오은경의 모습을
사진으로 찍어 간직한다. 이 사진 어디 올려도 돼? 내가
물으면 오은경은 반대한다. 그럼 이거 프로필 사진으로
쓰는 건 어때? 오은경은 어이없다는 표정으로 나를 째
려본다. 첨언하자면 이 일기는 일주일 정도의 시차 속
에서 작성되었기 때문에 나는 미래에 관해 이렇듯 정확

한 문장을 구사할 수 있다.

오은경과 나는 안산자락길을 따라 나아가며 따뜻한 날씨를 만끽했다. 볕을 머금은 나뭇잎이 반투명한 연두색으로 일렁거렸다. 초록색과 연두색이 깜빡이는 얼룩처럼 모양을 달리하며 분수처럼 솟아나는 자리에서 꽃들이 피어 있었다. 벚꽃이나 진달래나 개나리 같은 꽃들은 쉽게 분별할 수 있었지만 나는 나머지 꽃들에 무지했다. 오은경은 꽃 이름을 알려주는 어플을 켜서 검색을 했고, 나는 오은경이 가르쳐준 죽매화나 박태기나무꽃 같은 이름들을 암기했다. 내려가니 서대문형무소가 나왔다. 서대문형무소 담장 뒷길에 조성된 공원에는 운동을 하는 사람이나 개를 산책시키는 사람이 여럿이었다. 나를 본체만체하며 곧장 앞서가는 개들을 주목시키기 위해 인사를 하면 개들이 나를 반기며 꼬리를 흔들었다. 독립문 앞 인공연못의 중심에 한쪽 발을 물에 담그고 초연하게 서 있는 비둘기 한 마리가 있었다. 저 해탈한 비둘기 좀 봐. 내가 말하며 뒤를 돌아보자 오은경은 비둘기가 아니라 인공연못 가장자리의 난간에 엎드려 손으로 물을 퍼내고 있는 꼬마를 가리키는 중이었다.

*

　　오은경과는 영천시장에 들러 떡볶이를 먹고 헤어졌다. 나는 서대문역에서 지하철을 타고 합정으로 갔다. 민병훈에게 카톡이 왔다. 맥주 마시러 올래? 민병훈은 부천 사람이었고 나는 합정으로 향하는 지하철 안이었다. 형이 여기로 올래요? 민병훈의 거절. 맥주는 무산. 합정역 8번 출구 에스컬레이터를 타고 올라가자 서이제가 서 있었다. 나는 『문학과사회』 하이픈 여름호에 "오늘날 새로운 문학과 예술은 가능한가?"라는 주제로 에세이를 써달라는 청탁을 받았다. 그건 서이제도 마찬가지였다. 나는 서이제에게 내가 작성한 해당 원고의 초고를 전송해 보여준 상태였다.

　　서이제는 까치를 좋아하는 청년이다. 나는 서이제가 둘리를 닮았다고 생각했는데 어느 날 서이제가 자신의 까치 사랑을 고백한 직후 서이제가 둘리가 아니라 까치를 닮았을지도 모르겠다고 생각하는 중이었다. 서이제는 일을 마치고 왔다고 말했으며 무채색의 얇은 외투를 입고 있었다. 오늘 진짜 까치처럼 입었네. 나는 속으로 이렇게 읊조렸지만 서이제에게 그 말을 전하지는 않았다. 서이제와 함께 망원까지 걸었다. 근황을 들으니 서이제는 업무와 강의와 원고 작성 등등으로 아주 바쁜, 용기와 인내와 민첩함을 요하는 험난한 일상을 무찌르고 있는 듯했다.

서이제는 일주일 후에 아인서점에서 있을 민병훈의 『겨울에 대한 감각』 출간 기념 북토크의 사회를 맡게 된다. 거기서도 서이제는 까치 특유의 총명함을 발휘해 민병훈을 무찌르게 되며, 서이제의 날갯짓에 맞아 혼비백산해진 민병훈은 마치 피를 토하듯 근사한 말들을 쏟아내게 되는데 여하튼 서이제와 나는 곧 그런 일들이 벌어질 아인서점 앞을 통과하며 민병훈 북토크에 관해 이야기했다. 신종원에 관한 이야기도 했다. 나도 얼마 전 이사를 한 이설빈의 집들이에서 신종원을 만난 적이 있었다. 그날 신종원과 나는 마르케스의 『족장의 가을』에 등장하는 독재자의 꿀단지에 대해 계속 이야기하며 포복절도했고 아직 『족장의 가을』을 읽기 전이었던 이설빈을 웃기는 일에 성공했다. 마르케스 소설로 그렇게 재밌고 수다스럽게 떠들었던 경험은 거의 처음이었던 것 같다.

신종원은 자주 칩거를 하는 편이고 예의바르며

귀족적이지만 특정한 사안에 대해서는 방만한 소년성 같은 것을 갖고 있다. 전체적으로는 어딘가 수수께끼 같은 기품이 느껴진다. 분명 약속을 잡고 만난 것임에도 어딘가 행차나 잠행을 나왔다는 표현이 어울리는 분위기라고 생각하고 있어서 농담으로 너는 뭔가 왕자님 같다고 말했는데, 신종원이 위치한 그곳의 상상적 배경이 서유럽의 궁전이 아니라 조선 왕실의 대궐이었다. 그래서 신종원의 이미지는 익선관을 착용하고 백마 대신 가마를 애용하는 세자 저하 같은 느낌으로 굳어지고 말았다. 평소에도 이런 농담을 자주 공유했기 때문에 서이제와 신종원 저하를 모시는 요령에 관해 말하며 저녁을 먹을 식당에 도착했다.

감자뇨끼와 피자를 주문하고 기다리는데 서이제가 가방에서 흰색 천 주머니를 꺼내 내밀었다. 선물이라고 했다. 천 주머니 입구를 열자 검은 양 한 마리가 물끄러미 나를 올려다보고 있었다. 시선 속에 언어로 형용할 수 없을 만큼의 엄청난 귀여움이 담겨 있었다. 말문을 잃고 기뻐하는 나를 흐뭇하게 지켜보던 서이제의 모습이 떠오른다.

예전에 서이제를 포함한 친구들과 맥주를 마시

다 양에 관한 이야기가 나온 적이 있었다. 당시 나는 세상의 모든 양이 하얗거나 갈색이라는 편견을 갖고 있었으며 하얗지 않은 양이 있다는 사실을 처음 가르쳐준 사람도 서이제였다. 세상엔 검은 양도 있어. 그때부터 서이제는 내게 간혹 초원에 서서 근엄하고 엉뚱한 표정을 짓고 있는 검은 양의 사진들을 보내왔던 터였다. 서이제는 내가 자신을 둘리와 닮았다고 생각한다는 사실을 알고 있었기 때문에 나는 사진을 받을 때마다 서이제가 마치 그에 응대하듯 우회적인 방식으로 너는 검은 양을 닮았다고 대꾸하는 것만 같았다. 그런 검은 양들이 차곡차곡 쌓여 실물로 튀어나온 것이었다.

서이제는 훗날 작고 위대한 할머니가 될 것이다. 홀홀 웃으며 손가락으로 접시에 수북하게 담긴 견과류를 끝없이 주워 먹다 이내 한 접시를 비우고 새로운 접시를 충전하는 서이제 할머니의 모습이 그려진다. 그것은 현재의 서이제와 그다지 다르지 않다. 2월 초순에 나는 진부책방의 바 테이블에서 웅크린 채 모이를 먹듯 견과류를 꾸준하게 섭취하던 서이제에게 내 두 번째 소설집인 『클로이의 무지개』를 선물했다. 오늘의 검은 양은 그날의 보답이었다.

식사를 끝내고 맥주를 한잔하러 망원동을 걸으며 서이제는 자신의 아버지와 함께 나섰던 신비한 숲속의 모험에 관해 이야기했다. 그런 이야기를 신나게 종알거리던 서이제의 모습이 좋았다. 나는 검은 양에게 양돌이라는 이름을 지어주었다. 양돌이는 책꽂이 위에 놓였고 이내 창밖을 바라보는 자세였다가 침대에 누웠다가 내 집에 있는 다른 인형들과 함께, 더 솔직하게는 술에 취한 나의 청승으로 인한 소소한 연극의 배우로 참여하기도 했으며 지금 이 글을 쓰고 있는 내 책상으로 되돌아왔다. 나는 양돌이를 책을 읽을 때의 토템으로 사용한다. 거대해진 양돌이가 올망졸망하고 호기심 가득한 눈빛으로 책 속의 세계를 내려다보는 것이다. 검은 양의 탈을 뒤집어쓴 어린 신. 나는 그런 양돌이의 어깨 너머에서 책을 읽는다. 이런 상상은 내가 최초로 문학에 매혹되었을 때의 이미지와 어쩐지 유사한 것만 같다. 양 한 마리, 양 두 마리, 양 세 마리…… 잠이 오지 않는 날 머릿속으로 양들을 헤아리면 그렇게 떠내려가는 양들 가운데 한 마리가 꼭 검은 녀석으로 변해 있었다.

친구가 집을 떠난 뒤 적지 않은 시간이 흘렀다. 그렇다고 아주 많은 시간이 흐른 것도 아니다. 나는 당시 망원동에 있던 원룸에서 두 번 정도 거주지를 옮겨 현재는 아현동에 살고 있다. 나는 친구가 집을 나간 어느 날의 밤과 새벽에 관한 단편소설을 썼던 적이 있었다. 내가 실제로 겪은 일을 변주한 소설이었다. 대리운전으로 도착한 낯선 장소의 근처 피시방에서 소설을 쓰다 아침에 지하철을 타고 돌아오니 집에 있던 친구가 사라졌다는 내용이었다. 그때 나는 불의 이미지와 친구의 실종을 비유적으로 병치하고자 했고, 친구의 떠남과 타오르는 방의 이미지를 결합하고 싶었던 것 같다. 짧은 기간 동안 완성한 뒤 다시 들여다보지 않은 소설이라 의도에 대한 기억이 명확하지는 않다.

최근에 나는 종종 「퇴거」에 관한 후일담을 쓰고 싶다는 생각을 했다. 변한 것과 변하지 않은 것이 있을 것이다. 「퇴거」를 쓸 당시에는 친구가 떠나고 1년이 채 되지 않은 무렵이었다. 지금은 햇수로 7년이 지났다.

당시 내가 혼자 자취하던 원룸에 반년 정도 함

께 기거하던 친구는 대체로 아무것도 하지 않았다. 가만히 누워 있었고 하염없이 우울했다. 자신을 싫어했으며 실신한 것처럼 잠을 잤다. 월세와 식비와 공과금을 보태지도 않았다. 게임이나 독서에 몰두하지도 않았고, 배달음식을 주문해 같이 먹을 때 노트북으로 영화를 보았는데 그것도 끝까지 시청한 적은 별로 없었던 것 같다. 금세 드러누워 딴청을 피우고 있었다. 친구는 어떤 화제에도 오래 집중하지 못했다. 자기 자신에게 너무 집중하고 있었기 때문에? 친구는 멍하고 부주의했다. 종종 초조해 보였다. 분명 코앞이었는데 내가 서너 번 그의 이름을 반복해서 부를 때까지 대답하지 않은 적도 있었다. 굼뜬 행동이 자연스럽게 연결되지 못하고 뚝뚝 끊어졌다. 찬장에서 머그잔을 꺼내고 침울한 표정으로 서서 자신이 뭘 하려 했는지 잊어버렸다. 나는 냉장고에서 물병을 꺼내 친구에게 가져다주었다. 차가운 물병이 손등에 닿자마자 친구가 조금 놀랐던 일이 기억난다.

친구는 가끔 핸드폰 어플로 통장 잔고를 보여주었다. 담배 한 갑도 제대로 사지 못할 금액이 찍혀 있었다. 친구는 핸드폰 소액결제를 현금화해서 용돈을 만들었다. 가족을 경멸했고, 나이를 먹는 일이 자신에게 초

래할 돌이킬 수 없는 적대적인 결과에 대해 지나칠 정
도의 강박관념을 가진 것처럼 보였다. 친구는 일하지
못하게 된 자신을 이해할 수 있겠냐고 물었다. 친구는
노동을 두려워했다. 노동하는 와중에 마주할 사람들의
시선을 두려워했는지도 모르겠다. 내 원룸에는 이불과
베개가 한 세트밖에 없었다. 친구와 나는 같은 침대에
서 잠을 잤다. 가끔은 친구가 바닥에서, 내가 매트리스
위에서 잠을 자기도 했다. 네가 위에서 잘래? 내가 밑에
서 잘게. 매번 서로에게 침대를 양보했던 일도 생각난
다. 나는 친구가 드러누운 침대 옆에 탁상을 펴고 앉아
소설을 썼다. 때문에 당시 발표했던 단편소설의 몇몇
문장은 친구가 시달렸던, 그러나 내가 온전히 감응할
수는 없었던 모호한 공포의 영향력에 감염된 것처럼 여
겨지기도 한다. 착각일 것이다.

　　친구는 청소년 시절 두어 차례의 뇌전증 발작을
경험했던 적이 있었다. 발작이 일어나기 직전의 척추
가 간질간질한 느낌에 대해 종종 언급했다. 친구를 알
게 되었을 때부터 여러 차례 들은 이야기였다. 받은 시
험지를 뒤로 돌리려고 했는데 몸을 움직일 수 없었다고
했다. 수학 선생님이 왜 그러고 있냐고 물었고 목소리

가 찌그러지더니 날갯짓하는 듯한 푸드덕거리는 소음
으로 변했다. 이후로는 기억이 암전되었다. 양호실에서
깨어나니 굳어 얼룩진 노란 타액으로 인해 교복 와이셔
츠가 엉망이 되었다고 했다. 나는 종종 친구를 떠밀어
한강 주변의 공원을 산책했다. 편의점 앞 간이 테이블
이나 건물 계단에 주저앉아 캔맥주와 컵라면을 먹었다.
친구는 나를 사랑한다고 말했다. 자신이 얼마나 나를
사랑하는지 너는 모른다고 말했다. 뭘 몰라. 나도 알아.
나는 대꾸했다. 친구와 나는 예전부터 연인 같은 낯간
지러운 말들을 무한히 주고받는 사이였다. 항상 서로가
서로에게 얼마나 중요한 사람인지를 확인하려 들었다.
그것이 친구와 나의 독특한 우정의 형식을 구성했다.

　　친구는 자신이 사람들에게 받은 상처를 지속적
이고 끈질기게 이야기했다. 몇 년 전의 일을 어제 일처
럼 생생하게 기억했다. 내 집에 들어온 뒤 희석되었던
기억이 생생하게 범람하며 친구를 위협했다. 기억의 골
짜기를 들쑤시며 보석처럼 새빨갛게 곪은 염증을 발굴
할 수밖에 없는 시기였다. 아무튼 딱지를 일부러 긁어
떼어낼 수밖에 없는 시기. 친구는 과거 속에 매설된 불
행의 씨앗들에 물을 주었다. 자신을 덮치며 거대하게

자라나는 그림자에 압도되었다.

산책할 때 친구가 쓰고 있던 모자를 장난삼아 벗겼던 적이 있다. 친구는 흥분해 내게 욕을 하며 씩씩 거렸다. 그날 밤 대리운전을 하러 배차된 장소로 걸어 가는데 친구에게서 장문의 카톡 메시지가 도착했다. 화를 낸 건 미안해. 그런데 기분이 끔찍했어. 나를 존중한 다면 앞으로 절대 그딴 짓은 하지 마. 나는 친구가 이런 유형의 메시지를 보낼 때마다 대개 정성스럽게 답장을 하는 편이었다. 친구의 과도한 수치심에 공감할 수 없 으면서도 말이다. 거리에 멈춰 친구가 내게 보낸 만큼 의 분량으로 공들여 답장을 작성했다. 혹여 내 돌발적 인 반응이 친구의 감정을 자극하지 않도록 나름대로 세 심하게 문장을 가다듬으려 했다. 일을 마치고 새벽에 귀가하면 친구가 나를 배려하듯 바닥에 이불을 깔고 잠 들어 있었다. 친구는 모자를 벗긴 게 사소한 일이라는 사실을 알고 있다고 말했다. 내게 악의가 없었다는 것 도. 그러나 내가 모자를 벗겼을 때 불시에 느껴졌던 창 피스러운 모멸감이 계속해서 떠오른다고 말했다.

나는 대개 친구가 자신의 이야기를 늘어놓을 때 고개를 끄덕이며 동조하는 쪽이었다. 그러나 마음속으

로는 친구의 상태가 자신의 정신적인 문제를 객관화하
거나 관리할 수 없을 정도로 심하게 악화되었다고 생각
했다. 그리하여 점차 자신을 처벌하기 시작한 어떤 고
착된 의식의 회로에, 폐쇄된 채로 순환하는 의식의 회
로가 끊임없이 생산하는 황당하며 가혹한 실패담에 사
로잡혔다고 말이다.

　　친구의 이야기에 귀를 기울이다 보면 친구가 무
척이나 외롭고 쓸쓸하게 느껴지는 순간이 있었다. 마음
이 아팠다. 나는 친구가 치료를 받아야 한다고 생각했
다. 그러나 치료를 받으려면 어쨌든 돈을 벌어야 하고
친구는 돈을 벌 수 있는 의욕을 잃어버린 상태였다. 그
러니 가족의 도움을 받아야 한다. 나는 말하지 못했다.
친구에게 가족이 어떤 의미인지를 충분히 이해하고 있
었기 때문이다. 내가 언제까지고 너를 책임질 수는 없
잖아. 나는 이렇게 말하지도 못했다. 나는 친구를 유기
하는 사람이 되고 싶지 않았다. 어쩌면 그때 나는 친구
를 은근히 깔봤던 건지도 모르겠다. 내가 친구와의 생
활을 견디지 못하고 그를 내쫓기 전에 그가 먼저 나와
의 생활을 청산했으며, 그것은 유기가 아니라 친구의
자발적인 선택에 가까웠다. 그러나 당시에 나는 내가

친구를 보살피고 있다고 생각했다. 그런 생각 속에서 친구가 내게 자신을 온전히 의탁했다는 사실에 기인한, 말하자면 내가 어떤 연약해진 인간을 짊어졌다는 자의식으로 말미암은 윤리적인 판타지를 수확했는지도 모르겠다.

*

나는 친구가 나를 이용하고 있다고 생각하지 않기 위해 노력했다. 돌아보면 친구는 내 집에 틀어박혀 밥을 먹거나 잠을 잤을 뿐이었다. 친구가 생존하기 위해 최소한으로 필요로 하는 것들을 내가 제공한다는 사실이 그가 나를 이용한다는 꺼림칙한 의혹으로 이어진다는 사실이 불편했다. 나는 친구가 하는 말들이 지겨워질 때 죄책감을 느꼈다. 내가 불성실한 사람이 되었다고 생각했다. 친구의 말이 지겨워지는 과정은 불가피한 것 같았지만 이 불가피함이 내가 친구에게 쏟아야만 하는 애정과 관심의 불성실함으로 번역되었다. 내가 친구의 마음에 조금도 감응하지 못하면서 그러는 척하는 정서적으로 빈약한 사람이 되었다고 생각했다.

그래서 친구의 말에서 교감할 지점들을 찾아다 녔던 것 같다. 내 상처와 친구의 상처를, 친구의 절망과 분노와 체념과 무능력에 대한 자의식과 나의 그것을 섣불리 비교하기도 했다. 우발적으로 친구를 흔들다 사그라지는 지독한 공황이나 빈맥 증상에서 친구를 그런 상태로 몰아넣는 식별할 수 있는 패턴 같은 게 있지 않을까 추측했다. 나는 친구에게서 나의 그림자를 읽어냈다. 나는 친구의 감정에 동화되는 순간에만 친구의 일상을 지배하는 고통의 근처에 접근할 수 있었다.

그러나 나는 친구를 향한 나의 태도가 근본적으로 잘못되었다고도 생각했다. 나는 친구에게서 나의 그림자를 읽어내는 일을 중단하고 싶었다.「퇴거」의 초반부에도 그런 문장이 등장한다. 나의 그림자를 통해 친구의 그림자를 오해하고 싶지 않다. 나는 친구의 그림자와 나의 그림자를 구별하고 싶다. 나는 그렇게 썼다. 친구의 고통을 내가 이미 경험한 일이 있거나 수월하게 상상할 수 있는 내 분신의 고통인 것처럼 착오하고 싶지 않았다. 나는 친구의 고통을 나의 공감이나 이해 여부를 초과한 고유한 것으로서 응대하고 싶었다. 나를 포함한 다른 사람들의 이해 여부와 상관없는 내밀한 공간에서 친구가 겪는 고통이 구체적으로 실재한다는 사실을 나는 알아야만 했다.

　　타인과의 관계에서 중요한 것은 고통이 교류될 수 있으리라는 가능성이나 불가능성이 아니라 그것을 전달할 가능성과 불가능성으로 치환될 수 없는 고통의 실재에 대한 예외 없는 긍정이라고 생각했다. 하지만 고통의 실재에 대한 예외 없는 긍정이란 언제나 고통의 원인과 정당성을 증명하거나 설득해야 하는 사회체 안에서는 실현되기 어렵다고도 생각했다. 나의 모든 생각이 친구를 위해서 사용되는 어떤 양자적인 관계로의 퇴행을 수락했을 때만이 친구의 고통을 냉소하거나 의심하지 않을 수 있으리라고 생각했다. 그래야만 친구를 구제의 대상이나 병든 인간으로 설정하고, 그런 카테고리 속으로 분류된 이들을 치유할 알맹이 없는 방법들을, 이로운 삶에 관한 자기 경영의 요령들을 성급하게 늘어놓지 않을 수 있을 거라고 생각했다.

　　친구의 주치의가 되는 일을 은밀하게 욕망하는 나의 시선을 회수하거나 철회하기 위해 노력해야 한다고 생각했다. 내가 간혹 친구의 말을 지겨워하더라도 내가 없는 미지의 영역에서 친구의 고통이 강렬하게 실재한다면, 응시하지도 감응하지도 못할 어떤 캄캄한 고통의 처소가 존재하며, 내가 함부로 침범하거나 규명할 수 없는, 나의 인식이 항상 잠재성이나 상상력으로만 남겨지는 이 금지된 영역을 조건 없이 사랑할 수 있다면 나는 친구를 그저 지겨움이나 귀찮음의 대상으로 고립시키지는 않으리라고 생각했다. 나는 친구를 투명하게 바라봐야 한다고 생각했다. 이때 출현하는 무지와 불가해함 또한 투명하게 바라봐야 한다고 생각했다. 이러한 미지의 영역과의 관계는 물론 신앙에 가까울 것이다. 그리고 나는 항상 내가 어떤 종류의 신앙을 향해서도 단순하고 무구한 열정을 투사하지 못하는 사람이라는 자책감과 자기혐오를 갖고 있었다.

내가 몇 달 동안 친구와 같이 지낸다고 말했을 때 다른 친구들의 반응은 대개 시큰둥했다. 나를 걱정하기도 했다. 다른 친구들은 친구가 나를 감정 쓰레기통으로 취급하고 있는지도 모르겠다고 말했다. 나도 친구가 나를 감정 쓰레기통으로 취급하고 있는지도 모르겠다는 생각 때문에 괴로웠다.

친구가 나를 감정 쓰레기통으로 취급하고 있다는 사실과 친구가 절박하게 호소하는 고통은 얼마나 상관성이 있을까? 둘은 무관한 것이며 단지 친구는 자신을 만류할 수 없었던 것이 아닐까? 친구가 굳이 나를 위해 자신의 고통과 그것을 표출하는 태도를 반성하거나 변경하거나 감출 필요가 있을까? 나는 생각했다. 지쳤기 때문에, 혹은 친구가 나를 정서적으로나 경제적으로 착취하고 있다는 깨달음으로 인해, 혹은 다른 어떤 이유에서건 내가 훗날 친구를 저버리게 되리라는 미래에 대한 진단에 순응하고 싶지 않았다. 사실 친구를 저버리게 되리라는 미래에 대한 진단은 다른 친구들이 아니라 바로 내가 내린 진단이었다. 나는 친구가 투척하는 불안의 날카로운 조각들을 감내하는 감정 쓰레기통이 되고 싶었다. 너그럽고 예민하며 슬기로운 사람이 되고 싶었다. 그러나 너그러움과 예민함은 양립이 가능할까? 감정 쓰레기통이 슬기롭다면 어떻게 그러할까?

　　순응하고 싶지 않다는 욕망은 생각을 굴절시킨다. 동의하고 싶지 않다는 욕망은 생각이 순조롭고 자연스러운 방향으로 자라나는 일을 방해한다. 그리고 나는 나의 맹목적인 욕망과 나의 맹목적인 욕망을 억지하는 한계가 생각을 구부러뜨릴 때 생성되는 작위의 도형들을 내가 하는 생각이라고 믿는 편이었다. 모든 작위의 도형은 출구를 모색할 때 만들어지는 도형이다. 나는 내 첫 책인 『감상 소설』의 작가의 말에도 이와 비슷한 문장을 썼던 적이 있었다. 나는 처음 소설을 발표했을 때부터 어떤 비좁은 공간의 틈새에서 울창하게 자생하는 굴절된 생각과 비뚤어진 환상의 풍요로운 생태계를 보여주는 소설을 쓰고 싶었다. 예전에는 지금보다 이런 입장에 확신이 있었다.

친구는 나를 착취하지 않았다. 친구는 생산적인 활동을 통해 무언가를 축적할 의지를 상실했을 뿐이었다. 나는 소설 속에서만큼은 아무것도 축적하고 싶지 않았다. 어떤 현명하고 유용하며 거룩한 의미도 축적하고 싶지 않았다. 나는 쓸데없이 복잡한 기교를 발명하고 싶었다. 나는 잡동사니 같은 물체들을 끝없이 나열하고 싶었다. 나는 삶을 허비하는 이들의 무력한 자세와 이들의 입술 위를 떠도는 공허한 질문을 수천 가지 방식으로 묘사하고 싶었다. 나는 돈과 생활 때문에 친구를 배반하고 싶지 않았다. 최소한 그런 미래에 도달하는 일을 지연시키고 싶었다.

개 때문에 네 삶을 포기하거나 희생할 이유가 전혀 없어. 나는 이런 말을 듣기도 했다. 그러나 나는 포기하거나 희생하지 않았다. 혹은 희생이나 포기라는 단어의 규모에 비해 내가 친구 때문에 겪는 자질구레한 생활의 곤란함이 너무 작다고 생각했다. 문학이 내 곤란함의 규모를 축소하는 일에 도움을 주었다. 소설 속에는 모든 것을 포기하거나 희생하는 사람들이 가득하며, 문학의 천진난만한 악마는 고통에의 근접성이 행사하는 영향력 속에 영원히 머무르라고 강변하지 않는가.

　친구는 자신을 연민하는 일에 빠져 있었다. 나는 당시에 자신을 연민하지 말라는 말이란 자신이 자신에게 던지는 말이어야만 효력을 가진다고 생각했다. 타인에게 자신을 연민하지 말라고 말하는 사람은 자신을 연민하는 누군가를 눈앞에서 치워버리고 싶은 욕망을 배제하지 못한다고 생각했다. 나는 친구가 구겨지고 말려들어 하나의 동그랗고 검은 점으로 변하는 동안에도 어떻게든 친구와의 관계를 유지할 방법을 고민하는 사람이어야 했다. 나는 폐쇄된 철문 앞에서 그것이 폐쇄되었다는 사실을 탓하는 사람이 아니라 기다림과 응답 없음으로 번민하면서 나의 입장을 한사코 거절하는 폐쇄된 철문 안쪽에서 벌어지는 사건들을 상상하는 사람이어야 했다. 그러나 나는 그저 친구에게 나쁜 사람이기를 회피하고 있었는지도 모른다. 친구에게 나쁜 사람이 되는 것. 그것이 나의 핵심적인 두려움이었을 수도 있다.

나는 친구에게 자신의 삶을 교정하라고 말하지 못했다. 그러나 내내 이렇게 생활할 수는 없지 않느냐고 말한 적은 몇 번 있다. 네가 건강해져서 내 집을 나갔으면 좋겠어. 이러한 말들의 뉘앙스에는 현재 친구가 잘못된 삶을 살아가고 있다는 의미가 내포되어 있었다. 나는 과거에 친구를 죄지은 사람처럼 대했던 사람들이 친구를 파괴했다고 생각했다. 그들은 친구에게 나쁜 사람이 되는 일을 회피하지 않았던 것이다. 친구에게 나쁜 말이나 행동을 하고 있다는 사실을 몰랐을 수도 있지만 언제나 몰랐다는 말은 조금은 알았다는 말과 같다. 나는 그 나쁜 사람들에 관해 친구와 실컷 떠들었다. 나쁜 사람들은 친구와 나의 대화 속에서 어떤 험한 꼴을 당해도 용서받을 수 없었다. 나는 그 용서받을 수 없는 사람들과 내가 별반 다르지 않다는 사실이 혼란스러웠다.

친구는 지금까지 나쁜 사람들의 말을 너무 많이 들었던 것이다. 그 말들이 내면에 새겨질 정도로 말이다. 나는 이제부터 나쁜 사람들이 친구의 말을 똑바로 들어야 하며 그것이 친구의 정당한 권리라고 생각했다. 나는 친구에게 나의 마음을 솔직하게 털어놓은 적이 별로 없었다. 친구가 내 집에 기거하고 나서는 항상 그랬다. 친구는 나로서는 뜬금없는 타이밍에 자주 흐느꼈다. 나는 친구가 갑작스레 흐느낄 수 있다는 가능성을 방어하기 위해 대화의 방향을 다른 쪽으로 돌렸다. 친구가 흐느낄 때 내가 느낀 감정은 안타까움과 당혹감이었으나 항상 당혹감 쪽이 더 우세했다. 친구를 진정시키기 위해 등을 토닥이면서도 나는 친구의 떨림이 길어지지 않기만을 바랐다. 친구가 괜찮아지면 좋겠다는 마음이 없지는 않았으나 그보다 나는 이 상황을 빨리 끝내고 싶었다. 친구의 흐느낌을 재차 견뎌야 한다는 사실이 버거웠다. 친구가 제풀에 잠잠해져 침대 위로 쓰러지기를 바랐다. 나는 피곤했고, 친구가 왜 이렇게 변했는지, 달라진 이 사람과 내가 왜 친구였는지를 한심스럽게 책망하기도 했다.

나는 친구의 머릿속에서 다녀가는 어떤 의식의 흐름이 친구에게 크나큰 슬픔을 유발하는 동인으로 작용하는지를 알고 싶었다. 나는 알아야만 해. 나는 흐리고 틀렸기 때문이다. 나는 알아야만 한다. 조금 아는 것이 아니라 정말로 알아야만 해. 느낀다는 것은 허약했다. 감수성은 어차피 휘발될 것이고 일상의 비루함에 의해 함몰될 것이며 결국 훗날의 회고에서 나의 벌레 먹은 선량함과 결백함을 충당하는 수단으로서 낭비될 것이다. 당시의 나는 그렇게 생각했다. 느낀다는 것은…… 친구에 대한 지긋지긋함을, 친구를 내 집에서 내보내길 원하는 찰나의 마음들을 저지하지 못했기 때문이다.

　　그때 나는 나의 둔감한 감수성과 무지를 홀로 질책하면서 오히려 친구에게서 소외된 사람으로서의 안전한 거리를 확보하려 했는지도 모르겠다. 양심의 가책에 대한 직시와 내적 폭로를 자인하거나 가장하면서 스스로의 기만을 정당화했는지도 모르겠다. 나를 친구에게 충실하려 했으나 그에 참혹하게 실패한 사람으로 승화시키기 위한 준비를 했던 것인지도 모르겠다. 이 소설도 그러한 승화에 기여하는 과정은 아닐까? 내가 그 시절에 대한 정직함을 쫓을 때 직면하게 되는 것은 내가 빠진 함정을 노출하는 일인데, 내가 아직 이 함정을 타계할 방법을 마련하지 못했기 때문일 것이다. 평소라면 우회했을 것이며 지금도 함정을 돌파할 아이디어보다 함정을 우회할 아이디어들이 먼저 떠오른다.

고백과 고백 사이로 주저하는 듯한 더듬거림이 포착되는 순간이 있었다. 친구를 지탱하던 둑이 무너지기 직전이었다. 나는 먼저 선수를 치는 방식으로 친구를 위로해 내가 친구를 정말로 위로해야 할 순간을 모면하려 했다. 내가 정말로 친구를 위로해야 할 상황이 되었을 때 친구에게 닿아야 할 내 말은 서툴고 어설프게 빗나가는 듯했다. 정말로 위로해야 할 상황이 도래하지 않았을 때야만 내 말이 친구에게 누추한 외투처럼 걸릴 수 있는 것 같았다. 나는 친구가 울도록 가만히 내버려두었다. 나는 친구에게 마음껏 고함치면서 철부지처럼 울고 싶은 만큼 다 울고 속이 후련해지면 좋겠다고 말했으나 그 말의 숨은 속내란 내가 친구에게 전할 말이 고갈되었다는 의미였다. 친구를 위로하는 일에 에너지를 소모하고 싶지 않았다. 나는 얼떨떨한 눈빛으로 입을 다문 채 째깍거리는 벽시계를 쳐다보며 내가 견지하는 침묵이 친구를 위해 내어준 아늑한 공간인 것처럼 굴었지만, 실은 친구에게서 다급하게 흘러나와 나를 물들이는 긴밀한 흐느낌의 메아리를 마치 어떤 기계에서 들리는 단조롭고 일상적인 소음처럼 받아들이고 싶었던 것 같다.

그러니까 나는 친구를 눈물을 흘리는 기계라고 생각했다. 눈물을 흘리는 기계에 적응해야 한다고 생각했다. 매번 눈물을 흘리는 기계가 출력하는 소음에 안달복달하며 감정을 허비한다면 나는 결국 친구를 미워하게 될 거야. 나는 친구를 망가진 기계라고 생각하고 싶지 않았다. 나는 친구를 눈물을 흘리는 기계라고 생각하고 싶었다.

친구는 다른 이들이 자신을 나약하고 미성숙한 인간으로 생각하리라는 사실에 겁을 먹은 것처럼 보였다. 다른 이들이 자신을 나약하고 미성숙한 인간이라고 치부하리라는 가정이 친구를 꼼짝할 수 없게 만드는 것처럼 보였다. 그런 사람들의 시선과 가치판단에 때때로 참여하는 나는 그런 시선과 가치판단을 제거한 채로 친구와 대면하고 싶었던 것 같다. 존재가 존엄으로 직역된다면 좋겠다. 그냥 존재하는 인간의 충만한 내재성으로, 모든 보완물을 소거한 창백한 유령 같은 존재의 벌거벗은 눈부심으로, 노동하지 않는, 기능하지 않는, 축적하지 않는, 내 침대에 등을 돌린 채 드러누운 친구로 충분하다면, 내가 어떤 경우에라도 친구의 상처와 절망을 모욕하지 않을 수 있다면, 내 앞에 있는 친구를 불가분한 의미의 현현으로서, 혹은 의미의 소환이 불필요한 자족적인 무의미로서 수락할 수 있다면 좋겠다. 그럴 수만 있다면 내가 친구의 상황을 규정하는 폭력적인 관념에 귀속되지 않은 채로 친구가 더 나은 삶을 살기를 꿈꿀 수 있으리라고 생각했다.

　　나는 내가 비속하며 형편없는 사람이라고 생각했다. 내 머릿속이 그런 오물 같은 관념들로 뒤범벅되었다는 사실이 친구를 응시하는 나의 눈을 통해 적나라하게 밝혀졌기 때문이다. 나는 이 비속함과 형편없음을 나의 상투적이고 불가피한 진실이라고 생각하고 싶지 않았다. 상투적이고 불가피한 진실 속에서 어떻게든 굴절되며 생각을 수정하는 움직임을 나의 진실이라고 믿고 싶었다. 모든 사람에게 인간의 진실을 실험하는 장소는 자기 자신이라고 생각했다. 나는 아무것도 하지 않는 친구가 답답하고 짜증스러웠다. 나는 주말이면 편의점 야간 아르바이트를 했다. 일주일에 한 번 파트타임으로 문예창작과 입시 강사를 했으며 1년에 두세 차례 적은 금액의 원고료를 수령했다. 밤에는 종종 대리

운전을 나갔다. 손가락 사이로 흩어지는 노동의 모래를 그러모아 한 달 수입의 마지노선을 만들려고 했지만 그렇게 버는 돈도 월세와 공과금을 내면 빠듯했다. 친구가 내 집에 붙어 있는 이유로 추정되는 고통의 호소와 불안의 증상을 그저 핑계나 변명으로 느끼지 않으려면 어떻게 해야 할까. 내게 자신의 문제를 강제로 떠먹이기 위한 징징거리는 하소연으로 느끼지 않으려면.

친구는 자신의 뇌가 썩었다고 말했다. 아침에 일어날 때마다 검붉게 쪼그라든 자신의 두뇌를 상상한다고 말했다. 친구는 씻지 않았다. 특히나 머리를 감지 않았다. 내가 참지 못해 독촉할 때나 산책을 나가기로 약속했을 때 가끔 양치나 세수를 했다. 친구는 혼자 있을 때 집을 치우지는 않았지만 내가 집에서 유난스럽게 청소를 시작하면 그제야 침대에서 일어나 나를 도왔다.

친구는 군대를 포함한 자신이 과거에 근무했던 카메라 부품 공장이나 휴게소 기숙사 같은 단체 생활의 기억을 악몽처럼 회고했다. 친구는 다시 태어나고 싶다는 말 대신 갱생이라는 단어를 즐겨 사용했다. 갱생해야 돼. 친구는 죽고 싶다고 말했다. 친구는 이전에도 죽음을 암시하는 메시지를 보내고 카톡 아이디를 삭제한 뒤 전화를 받지 않아 나를 애태운 적이 있었다. 친구는 외모에 심한 콤플렉스가 있었다. 울적하게 누워 있다가도 자신의 콤플렉스를 깨달은 듯 꺼진 아래턱을 황급히 앞쪽으로 당겼다. 그런 이상한 행동을 습관처럼 반복했다. 친구는 이불 모서리를 입으로 빠는 버릇이 있었다. 내가 이불 모서리가 척척하게 젖어 있는 것을 발견하고 눈치를 주자 친구는 자신의 버릇 때문에 네가 피해를 본다며 다른 건 몰라도 이건 고쳐보겠다는 다짐을 종일 중얼거렸다.

친구와 양념치킨을 먹었던 날이 떠오른다. 친구는 매번 그렇지는 않았지만 어떤 날엔 턱받이가 필요한 사람처럼 음식을 먹었다. 손으로 치킨을 짚어 입으로 게걸스레 욱여넣었는데 입술이 빨간 양념으로 범벅이 되어 있었다. 깔끔하게 바르지 않아 살점이 허옇게 달라붙은 뼈가 탁상 위로 쌓였다. 장판과 탁상을 무성의하게 짚는 친구의 손가락에도 빨간 양념이 묻어 있었다.

막 몽롱한 눈빛으로 침대에서 일어난 친구는 양념이 묻은 손가락을 혀로 핥기도 했고 티셔츠에 문질러 닦기도 했다. 치킨 조각을 움켜쥔 친구의 손이 수전증으로 덜덜 떨렸다. 다른 때에도 친구는 마치 허둥지둥하는 것처럼 산만하며 조급해지는 타이밍이 있었다. 나는 그것이 낮아진 인지능력의 반증이라는 것도 알고 있었다. 그러나 입맛이 싹 가셨고, 친구의 하얗고 기름진 손가락이 들쑤시는 어떤 음식도 내 입으로 가져가고 싶지 않았다. 친구가 눈을 치떴을 때 나는 친구의 시선을 외면했다. 나는 친구가 측은했다. 이렇게 음식을 먹었다면 그와 겸상한 누구도 친구와 같은 식탁에 앉아 있고 싶지 않으리라고 생각했다. 동시에 나는 친구가 역겨웠으며, 더는 빠져나갈 수 없는 궁지에 몰린 것처럼 내가 친구를 혐오한다는 사실을 자각했다.

그러나 다른 날도 떠오른다. 어느 날엔가 오후 즈음 잠에서 깨니 친구가 열린 창문 앞에 우두커니 서 있었다. 나와 눈을 마주치니 손가락으로 창밖을 가리켰다. 창밖에서 함박눈이 쏟아졌다. 나는 뒤척이며 이불을 끌어안았다. 이불에 스며든 냉기가 포근했다. 나는 이불 밖으로 이마만 내놓은 채 잠에서 깨면 세상이 새하얀 눈으로 뒤덮일 것임을 직감했으며 이내 몰려드는 잠 속으로 부드럽게 파고들었다.

눈을 뜨니 머릿속이 개운했다. 창문이 닫혀 있었다. 어스름하게 가라앉은 원룸에서 윙윙거리는 드라이어 소리가 들렸다. 나는 친구의 이름을 불렀다. 현관 밖으로 나가니 롱패딩에 수면바지 차림의 친구가 보일러 앞에 쪼그려 앉아 드라이어로 동파된 배관을 녹이고 있었다. 온수 안 나오더라. 욕실로 가니 정말 차가운 물밖에 나오지 않았다. 친구는 물의 온도가 어떠냐고 소리치며 한동안 보일러 앞에 머물렀다. 그때마다 나는 수도꼭지를 열고 물의 온도를 체크해 친구에게 알려주었다. 이내 물이 따뜻해졌다. 온수가 나온다고 큰 소리로 통보한 뒤에도 친구는 집 안으로 들어오지 않았다. 나는 친구를 찾아 다시 밖으로 나갔다. 눈발이 흩날리는 층계참 아래에서 머리가 까치집이 된, 정수리에 하얀 눈이 수북하게 쌓인 친구가 추운 듯 발을 동동거리며 담배를 피우고 있었다. 나는 이날의 기억이 왜 아름답게 느껴지는지 모르겠다. 친구를 바라봤던 순간의 시리고 설레며 뭉클한 감정을 잘 재현할 수가 없다.

*

　친구는 「퇴거」에서 내 책상 앞에 앉아 낙서를 하고 있다. 덧칠된 낙서로 인해 공책이 새까매진다. 실제 친구는 낙서 같은 것은 하지 않았다. 그러나 「퇴거」는 다시 읽으면 마치 낙서 같은 텍스트라는 생각이 들고, 그때 내가 낙서를 했던 이유는 맹렬하게 가속하며 단어들을 겹치는 연필의 궤적에 의해, 페이지를 북북 긋고 할퀴는 글쓰기의 체적을 통해 노트 표면이 찢기는 순간을 바랐기 때문이다. 나는 그렇게 빽빽해지는 검은 사각형을 구토하는 추상이라고 불렀다. 「퇴거」 속의 친구는 실제 친구이면서 내 글쓰기를 의인화한 환영이기도 하다. 「퇴거」를 쓸 당시의 나와 기억 속의 친구가 「퇴거」에 등장하는 친구의 이미지에 분리되지 않은 채로 뒤섞여 있는 것이다.

내 집을 떠난 친구와 「퇴거」의 친구 사이에는 1년 정도의 시차가 있었다. 나는 「퇴거」에서 친구가 언제까지고 내 집을 지키는 새까만 눈빛의 불침번이기를 소망한다고 썼다. 무지와 불가해함 속에서도 친구를 응원할 수 있다고 썼고, 친구의 자폐적인 열정에 찬동하며 그의 주위를 충실하게 배회하는 착란의 송전탑이 되고 싶다고 썼다. 이제부터 내 집이 내 집이 아니라 친구가 실종된 장소가 되었다고도 썼다.

지금 이 문장들은 당시 내가 미래를 향해 맺었

던 약속을 반영하는 것처럼 여겨진다. 그렇다는 것이 아니라 그렇게 할 것이라고, 이제부터 내 집은 실종된 친구의 흔적을 끊임없이 발견해야만 하는 공간으로 변화할 것이라고. 이 문장들을 떠올릴 때마다 함께 살던 친구의 모습이 희미하게 되살아났다. 친구의 부재가 방안에 널려 있는 듯했다. 혼자 있는 나의 모습이 낯설어졌다. 돌아누운 내가 벽을 바라보고 돌아누웠던 친구의 환영과 포개졌다. 나는 침대에서 몸살을 앓는 친구이며, 친구는 몸살을 앓는 내게 해열제를 건네기 위해 약국에 다녀오는 중이었다. 일상에 기시감이 편재했는데 그 기시감의 정체란 내가 글쓰기를 통해 앞당겼던 미래의 이미지들이었다. 나는 친구를 매일 떠올리지는 않았다. 그러나 내가 친구를 떠올리지 않는 동안에도 친구에 관한 문장들은 마치 약속을 지키라는 요구처럼 지워지지 않고 나를 구속하는 듯했다. 과거에 이러한 약속의 내용을 마련했으며 거기 동의했던 사람이 바로 나였기 때문이다.

문장들이 친구의 환영을 보전하는 일에 도움을 준다면, 나는 그때 친구의 환영을 망각 너머로 운반하기 위해 다짐이나 기대에 가까운 무수한 약속을 체결했는지도 모르겠다. 희망이 불가능하거나 위태롭게 느껴질 때 나는 글쓰기를 통해 미래와 계약을 맺는 것 같다. 꿈에 서명하듯이 말이다. 글쓰기는 내가 맹세했기 때문에 발생한 권력으로서 미래의 내게 강제력을 부여한다. 글쓰기란 자신에게 강제력을 부여할 공인될 수 없는 조항들이 빽빽하게 적힌 어떤 문서를 직접 발명하는 일인지도 모르겠다. 이렇게 서술하면 나의 글쓰기가 훗날의 나에 의해 함부로 부인되거나 폐기되지 못할 어떤 계약서를 작성하는 일과 유사하게 여겨진다. 나는 내 집을 내 집이 아니라 내 친구가 실종된 장소로 인식하겠다는 퇴거 명령에 사인하고, 내 집을 점유한 친구의 환영에게 주거할 권리를 보장하는 등기 서류를 제작했는지도 모르겠다.

소설은 법전을 패러디하는지도 모르겠다. 법전에 기술될 수도 없고 내가 속한 공동체에 의해 공증되지도 못할, 때때로 법전을 위반하거나 해체하는 조항들에 신비로운 효력을 부여하기 때문이다. 소설은 친구의 환영을 보전하라고 말한다. 내가 작성한 가짜 법전의 조항들을 준수하지 못하는 나를 책망하거나 심문한다. 나를 감금한다. 내가 이 계약을 발명했으니 나는 자유

롭다. 나는 나의 자유를 포기하는 계약을 발명할 때 가
장 자유롭고, 나의 신병을 구속하는 문서를 창조할 때
가장 자유로우며, 동시에 그러한 계약에 연루되거나 속
박되는 과정에서 나의 자유를 상실한다. 나는 나를 위
한 새로운 계약에 복종하면서 나의 자유를 반납한다.
나는 나를 위한 새로운 계약을 발명하고 그곳으로 이동
하면서 놀라울 만큼 자유로워진다.

　　소설은 화폐를 패러디하는지도 모르겠다. 소설
은 내가 위조한 꿈의 화폐이며, 나는 이 화폐를 사용해
의미나 환영이나 시간 같은 것을 구입하고 있는지도 모
르겠다. 나는 가짜 화폐를 생산하고 동시에 그것을 소
비했는지도 모르겠다. 없음과 없음을, 불가능과 불가능
을, 소유할 수 없음과 소유할 수 없음을 교환하면서 귀
중한 것을 헐값으로, 하찮은 것을 비싼 값으로 거래하
는 공허하고 무의미한 놀이를 계속하고 있는지도 모르
겠다.

　　친구가 떠나던 날의 아침이었다. 지하철 차창으
로 들이치는 햇살 속에 놓인 내 손이 찝찝하고 더러웠
다. 출근 시간 전이라 객차 안이 한산했다. 좌석 한 칸씩
을 띄어 앉은 사람들은 피로하며 고독해 보였다. 집에

도착하니 친구가 없었다. 나는 잠시 외출한 모양이라고 생각했고, 대충 샤워를 마친 뒤 여덟 시간을 넘게 잤다. 저녁 즈음 침대에 누워 피시방에서 썼던 문단을 휴대폰으로 퇴고했다. 친구는 돌아오지 않았다. 집이 어둑하고 조용했다. 나는 침대에 드러누워 간만의 나른한 평화로움을 만끽했다.

자정 즈음 친구에게 전화를 걸었다. 친구는 휴대폰 요금을 내지 못했기 때문에 대개 착발신 정지 상태였다. 그때에도 고객님의 사정으로 당분간 착신이 어렵다는 안내 메시지가 나왔다. 나는 카톡을 보냈다. 어디 있어? 뭐 먹을래? 읽지 않음 표시가 밤새도록 그대로였다. 나는 머리맡에 놓여 있던 책을 읽었다. 제목도 또렷이 기억하는데 출판사 일다에서 막 출간된 에드몽 자베스의 『예상 밖의 전복의 서』였다. 지금 그 책은 절판되었다. 나는 번역가의 서명이 적혀 있던 그 책을 이사 도중에 분실했다.

슬슬 친구가 걱정되었다. 옷장을 열자 친구의 바람막이와 티셔츠 몇 벌이 감쪽같이 사라져 있었다. 친구가 집에 들고 들어왔던 배낭도 보이지 않았다. 나는 드디어 친구가 집을 나갔다고 생각했다. 본가로 돌아간 걸까? 나는 안도감과 허전함을 느꼈고, 언질이나 암시도 없이 집을 나간 친구에게 서운함을 느꼈다. 너 진짜 어디 갔냐. 메시지 한 통을 더 전송한 뒤 어색한 침묵이 자리한 방에서 짜파게티를 끓여 먹었다. 친구와의 동거가 갑작스레 끝났다는 사실이 얼떨떨했다. 방을 둘러보니 친구의 물건이라고 할 수 있는 것이 별로 없었다. 친구의 짐은 단출했다. 반년 정도를 함께 살았는데도 들어올 때 가져왔던 가죽가방에 자신의 짐을 전부 담을 수 있을 정도였다. 나는 친구와 함께 살았던 소란스러운 시간들을 반추했다. 수도꼭지 아래로 낙하하는 동그란 물방울 같은 기억이 정적 속에 가볍고 미미한 파문을 그리며 부서지고 있는 듯했다.

　　나는 홀가분하지도 개운하지도 않았다. 섭섭하거나 후회하지도 않았고, 대신 씁쓸한 해방감을 느꼈던 것 같다. 그날부터 나는 마치 기력과 의욕이 소진되어 손가락조차 까딱할 수 없는 사람처럼 내 집을 마음껏 어지럽히기 시작했다. 싱크대에 설거지하지 않은 그릇들을 탑처럼 쌓아두었다. 꺼내 읽은 책을 책꽂이로 돌려보내지 않았다. 배달 음식 용기를 헹구지 않은 채 방치했다. 과자 봉지나 음료수 캔 같은 쓰레기들이 바닥에 널브러졌다. 엎지른 주스가 끈적하게 응고될 때까지 탁상을 닦지 않았다. 아무도 초대하지 않았으며, 집에 돌아오면 간신히 옷을 벗어 팽개치고는 곧장 이불 속으로 들어갔다. 천장을 바라보며 입을 뻐끔거렸다. 휴대폰을 쥐고 몇 시간 동안이나 트위터 피드를 내리며 떠내려가는 언어 토막들을 구경했다. 매일 출근할 때마다 잠을 자지 못해 날을 꼬박 지새운 뒤였고, 생활 리듬이 감당할 수 없을 만큼 헝클어졌다.

집의 공기가 축축했다. 구겨진 수건에서 풍기는 시큼털털한 악취가 환기하지 않은 밀폐된 공간으로 스며들었다. 봄의 말미였다. 떠난 친구와 함께 그간 유지했던 긴장이 한꺼번에 풀어졌던 모양이다. 나는 정돈하거나 지탱하려 애썼던 일상의 의무나 루틴 같은 것들의 전면적인 와해 속으로 수몰되었다. 집의 광경이 금세 살풍경해졌다. 가끔 창문을 열면 맞은편 벽돌집의 담장을 넘는 붉은 장미 덩굴이 환하고 무성하게 자라나 있었다. 내가 더는 이건 아니다 싶어 집을 청소했던 때는 그로부터 두세 달 뒤였다. 집을 원래대로 복구하는 일에 소요된 시간은 짧았다. 내가 직접 청소를 하고 있었음에도 꽤 오랫동안 집을 잠식한 쓰레기와 헝클어진 옷

들이 단지 몇 시간 만에 옷장 안이나 세탁기로, 분리수
거를 내놓던 전봇대 아래로 추방되는 모습이 신기했다.

　　　친구가 떠나기 전날 우리는 별다른 대화를 나
누지 않았다. 여느 날들보다 심심한 하루였다. 형광등
을 소등해 어두컴컴한 동굴 같은 집에서 나는 이어폰
을 귀에 꽂은 채 노트북으로 영화를 보았다. 내 기억으
로는 브루노 뒤몽의 〈릴 퀸퀸〉이었고, 표정이 엉뚱해지
는 우습고 지루한 영화였다. 나는 책상 위에 놓인 프링
글스를 한 조각씩 까먹으며 친구를 곁눈질했다. 친구는
나를 전혀 의식하지 않은 채 비틀거리고 어정거리듯 몇
차례 화장실에 다녀왔다. 침대에 걸터앉아 탁자 위에
있던 네모난 거울을 응시하며 얼굴 가죽을 꼬집어 늘이
는 알 수 없는 행동을 되풀이했다. 노트북에서 흘러나
온 푸르스름한 불빛이 친구의 형체에 얼비쳤다. 침대에
드러누운 친구가 거기 가로놓인 기이한 장식품처럼 보
였다. 영화가 다 끝난 뒤, 나는 혼곤하게 잠들어 쌕쌕거
리며 숨을 쉬는 친구 옆에 불편하게 누웠다. 친구의 몸
이 매트리스의 절반 이상을 차지해서 바닥으로 떨어질
것만 같았다. 친구의 어깨가 내 어깨에 부대꼈다. 친구
는 가끔 옹알거리는 듯한 잠꼬대를 했다. 나는 오르내

리는 친구의 갈비뼈를 쓰다듬었다.

　　나는 친구의 무력감과 절망의 원인에 관해, 친구가 겪었던 상처의 내막에 관해 서술할 수 있다. 소설가로서의 나는 응당 그래야 한다고 느낀다. 그러나 「퇴거」를 쓸 당시에도, 혹은 지금도 그때 친구가 겪었던 증상이 어떤 구체적인 사건의 결과로 환원되는 일을, 내가 친구의 기억을 장면이나 이야기의 형태로 서술하는 일을, 친구의 몇몇 불행을 인과적인 형태로 배치하는 일을 기피하면서 친구가 겪은 사건들을 고의적으로 은닉하고 있는 것 같다. 지금껏 구체성을 희석하거나 누락하는 문장들을 기술했으니 이 거부감 자체가 소설을 추동하는 형식과 욕망으로 굳어졌다는 생각도 든다.

　　결정적인 부분을 서술하지 않기 위한 불필요한 서술, 사변적인 서술, 메타적인 서술을 재개하는 동안 이야기의 포획에 의해, 혹은 이야기에 대한 가치판단을 통해 훼손될 수 없는 친구의 공백과 불확실성은 보존되지만, 나는 그저 친구의 이야기를 서술하지 않기로 선택한 것에 불과하다. 나는 그것이 두렵거나 어려워서, 혹은 자격을 획득하지 못했기 때문에, 그곳으로 향하지 않기 위한 태업의 욕망을 이만큼이나 길게 연장했던 것 같다. 의미심장함이 없는 망설임으로 지면을 허비했던 것 같다. 무언가를 쓰고 있음에도 무언가를 쓰는 일을 차일피일 미루고 있다는 이 느낌이 나를 재촉하는 것 같다. 그러나 재촉에 걸맞게 무언가를 쓰고 나면 나는 다시 무언가를 쓰는 일을 미루고 있다는 이상한 감각과 만나게 된다. 무언가를 미루고 있다는 이 감각은 내가 아무것도 쓰지 않았다고 말한다. 한 발짝도 전진하지 않았다고 말한다. 시작도 없고 종결도 없다고 말한다. 떠나가지도 도착하지도 않은 어떤 어스름한 장소에 다만 체류하는 것이라고 말한다. 시작과 끝 사이에 있는 어떤 장소가 아니라, 이미 끝난 다음이며 아직 시작하지는 않은 어떤 유예 속에 위치하는 사람이 바로 나라고 말한다. 이곳이 내 글쓰기의 장소이며 내가 머물러야 할 고향이라고 말한다.

타인에 관해 말하는 일은 타인에 대한 고질적인 착각에 대해 말하는 것과 얼마나 다를까. 친구가 겪은 사연에 관해 쓰는 일은 나의 무지를 근사하게 봉합해 친구를 어떤 선형적인 가이드라인 속의 전형으로 박제하는 일과 얼마나 다를까. 나는 친구를 괴롭혔던 특정한 사건들에 관해 이야기하는 일이 친구의 고통을 누군가에게 증명하거나 그것을 누군가의 선별 속에 진열하려는 절차가 되지는 않을까 염려스럽다. 어떤 비평가가 내 소설에 대해 그렇게 말했듯 나는 여기서 나의 내향적인 히스테리를 전시하고 있는지도 모르겠다. 독자가 이러한 사적이면서도 관념적인 넋두리를 읽을 때 어떤 느낌이 들지도 전혀 모르겠다.

정확하고 조심스러운 언어를 통해 친구의 마음에 근접할 수는 있을 것이다. 그러나 만약 친구가 정확하고 조심스럽게 접근하는 내게 모자가 벗겨진 순간의 수치심에 대해 말하기 시작한다면 나는 친구에게 어떤 말을 들려주어야 할까. 나는 지금 친구 주변을 배회했던 나의 표류가 내용 없이 더욱 장황해지기를 시도하고 있는지도 모른다. 친구가 허구적인 대상이었다면 나는 이야기를 통해 그에게 기나긴 분량의 이름표를 달아줄 수 있었을 것이다. 거짓말이다. 친구는 허구적인 대상이며 그에게 이름표를 달아줄 수 없는 이유 역시 내가 제시한 조작된 명분에 불과하다. 그러나 「퇴거」를 쓰기 시작한 순간부터 나는 현실에 존재했던 친구에게 어떤 광채와 고통을 빌려왔으며, 그 과정에서 현실의 친구와 소설 속의 친구가 분간될 수 없이 합쳐지고 말

왔고, 이제 나는 현실의 친구와 소설 속의 친구를 별개의 대상으로 갈라놓을 수 없는 것이다. 그러므로 나는 친구와 동거했던 시절의 불안과 근심을 소설 속의 친구에게 똑같이 투사하면서 글쓰기를 통해 그때의 불안과 근심을 번복하거나 모사하고 있는 것 같다.

친구는 떠난 날부터 연락이 되지 않았다. 앞서 언급했듯 나는 친구가 극단적인 선택을 할 수도 있다는 망상으로 인해 종종 초조했다. 나는 친구에게 많은 분량의 카톡 메시지를 무단투기하는 방식으로 내 두려움을 방류하려 했다. 읽지 않음 표시가 사라지고도 친구는 답장을 보내지 않았다.

친구는 어째서 내 집을 나가기로 마음먹었을까. 내가 잘못했던 부분이 있었던 걸까. 내가 그에게 상처를 줬을까. 내가 주제넘은 말을 했을까. 내게서 자신을 향한 냉소와 피로를 감지한 걸까. 친구가 집을 떠나길 바라는 내 마음을 들켰던 걸까. 그래서 나와의 관계를 단절하고 싶었던 건 아니었을까. 내가 친구를 실망시켰기 때문일까. 내게 더는 피해를 주고 싶지 않은 마음은 아니었을까. 내게 자신이라는 부담과 부채를 전가하는 일을 참기 힘들었을까. 나는 친구와 함께 생활했던 시간을 보상받길 원했다. 친구가 떠난 이유를 내게 유리하게 해석했고, 유리한 해석이 중단될 때에는 친구를 원망했다. 나는 친구가 내게 원래의 삶을 되돌려주기 위해 나를 떠났다고 믿고 싶었다. 나는 내가 헌신한 몫을 인정받고 싶었으며, 친구가 자신의 희생을 통해 나의 헌신적인 나날에 응답한 것이라고 믿고 싶었다.

친구가 나의 과오 때문에 떠나간 것이라면 지금까지의 헌신이 물거품이 될 것 같았다. 내가 최선을 다해 그에게 헌신했다는 환상이 파괴될 것 같았고, 그때마다 나는 친구가 내 헌신을 바닥에 짐짝처럼 내팽개쳤다고 생각했다. 나는 친구를 자기밖에 모르는 개새끼라고 생각했다. 친구가 내게 고마워하긴커녕 마음으로 나를 배신했을지도 모른다는 가능성에 분노했다. 그를 위해 헌신했다는 나의 환상을 붙들고 있었기에 친구는 나를 저버릴 수 없는 사람이어야 했다. 그를 저버릴 수 있는 사람은 나뿐이었다. 상황이 역전되었을 때 친구와의 시간이 전부 부정당한 느낌이었지만, 실은 친구를 저버릴 권한을 빼앗겼다는 것에 분노했고, 내가 친구를 견뎠던 만큼 친구도 나를 견뎠다는 자명한 사실을 납득하지 못했던 것이다.

누군가가 죽을 수도 있다는 예감은 너무나도 무섭다. 당시 나는 친구가 혹여나 저지를지도 모를 극단적인 선택에 내가 일조했다는 가혹한 시나리오에서 면제되고 싶었는지도 모르겠다. 그러기 위해선 그에게 헌신했다는 나의 환상이 지켜져야만 했다. 그러나 친구가 떠난 이유가 내 잘못이건 아니건 이러한 환상은 곧 산산이 부서질 예정이었다. 친구가 내 헌신에 보답하기 위해 나를 떠났다고 하더라도, 말하자면 친구가 내게 보답했다는 바로 그 사실로 인해, 나는 그가 내 집을 떠나 극단적인 선택에 이르는 일을 막지 못할 것이기 때문이다. 그러니까 나의 환상은 어떤 경우에라도 친구의 죽음이 내게 부과할 책임과 슬픔의 크기를 경감시킬 수 없는 것이다.

친구에게 전화가 걸려온 건 그로부터 두 달 뒤였다. 내가 알던 번호와 다른 번호였다. 친구는 잠시 친형의 집에 들어갔다가 원룸텔을 구해 나왔다고 했다. 돈은 있냐고 물었더니 대출을 받았다고 했다. 그동안 염치가 없어서 연락하지 못했다고 사과했으나 전화가 끊어진 뒤 그게 마지막이었다. 나는 가끔 친구에게 보고 싶다거나 약속을 잡자는 카톡을 보냈다. 답장이 드물게 이어졌다. 어느 날 친구는 카톡 아이디를 지웠다. 이전에 카톡 아이디를 삭제하면 친구는 몇 개월 뒤에라 도 내게 먼저 기별을 전했다. 이번에는 달랐다. 이제 내게는 친구에게 연락할 수단이 아무것도 없다.

나는 방금 친구와 나눴던 어린 시절의 기록이 남은 블로그 안부 게시판을 열람했다. 친구를 처음 만난 건 네이버 블로그였다. 한창 거기에 시와 소설을 올리던 청소년 시절이었고, 나는 친구가 게재한 일기들을 필사해서 간직할 만큼 좋아했다. 안부 게시판의 마지막 글은 내가 대학교를 휴학했던 2010년 즈음의 것이었다. 친구는 당시 아르바이트를 했던 휴게소의 기숙사에서 생활했고, 어서 만나 삭막하고 억울한 이야기를 아주 많이 하자고 말했다. 돈벌이 좋다. 겨울이야. 전화 좀 받아라. 여기로 좀 와다오. 콜렉트콜로 복수할 거야. 짤막한 글을 읽을 때마다 마음이 울렁거렸다.

나는 「퇴거」의 막바지에 내 집이 불타는 장면을 묘사했다. 그것은 불타는 친구에게서 옮겨붙은 불길이면서 동시에 떠나가는 친구가 내 집을 불태웠기 때문이기도 하다. 떠나가는 친구의 궤적이 집을 타오르게 한다. 나는 이런 시적인 착상에 기대어 소설을 시작했으

며,「퇴거」를 쓸 당시 실제로 그와 비슷한 내용의 뜬구
름 같은 공상을 자주 했다. 일을 마치고 귀가할 때면 내
가 불타 황폐해진 집으로 향하고 있을지도 모르겠다는
막연한 생각이 머릿속을 맴돌았다.

　　나는 불탄 집 앞에서 망연자실하게 주저앉는다.
나는 나도 모르는 사이에 내가 가진 모든 것을 잃어버
린다. 그러니까 그때 나는 모든 것을 잃어버리고 싶었
던 것 같다. 모든 것을 잃어버렸다는 사실을 내게 확정
적으로 선고하고 싶었던 것 같다. 작열하는 불길이 벽
과 천장과 세간을 집어삼킨다. 정신을 차렸을 때는 깜
빡거리던 불씨들이 꺼진 다음이다. 열기가 휘발된다.
나는 불탄 집에서 미지근한 잿더미를 그러쥐고 반죽하
는 손장난을 하고 있다. 남은 잿더미로는 어떤 유익한
형상도 빚을 수 없다는 사실을 깨닫게 될지도 모른다.
나는 새까매진 손으로 잿더미를 어루만진다. 매캐한 그
을음을 들이마신다. 불탄 집에 널려 있는 사물들을 수
거한다. 그리고 그곳에 거주한다.

　　「퇴거」는 자신의 자의식과 내적 우울감을 한 발
짝도 벗어날 수 없는 사람이 그 경계를 밀치고 넘어서
기 위해 안간힘을 쓰는 과정에 지나지 않은 것 같다. 한

발짝도 벗어날 수 없는 자신을 과격하게 진동시켜 뭘 어떻게 해보려는 것, 그것은 내 글쓰기의 영원한 주제일 것이나, 막상 어떤 시기의 안간힘을 돌아볼 때의 기분이 유쾌하지는 않다. 당시 과도하게 몰두했던 요령부득 같은 것이 느껴져 거북한 느낌이 들고, 나는 실제로 몇 년 사이 안간힘보다는 더 좋은 방법들을 개발하기 위해 노력했다. 「퇴거」에서도 그런 문장이 등장한다. 나는 지금보다 나은 서술의 방법을 발견할 수 있을 것이라고. 그러니 나는 변덕스러운 척을 하면서도 결국 일관된 방식으로 끝장을 보는 사람이다. 나는 처음 문학을 시작했을 때부터 모종의 집요한 폐색을 유지한 채로 글을 쓰는 일에 관해 남다른 재능을 갖고 있었다. 지금도 별반 다르지 않다. 웃으라고 하는 말이지만 진짜다.

친구와 다시 만나면 나는 이 소설에 관한 소설을 쓰게 될지도 모르겠다. 여기 서술했던 내용을 부연하거나 반쯤 부인할지도 모르겠다. 친구가 집을 떠난 이유에 관해 더 명료한 방식으로 서술하게 될지도, 어떤 시기를 회고하는 일의 실패를 이 소설보다 정연하게, 혹은 여전히 혼란스러운 방식으로 이야기할지도 모르겠다. 변한 것과 변하지 않은 것이 있을 것이다. 시간은 레이어를 만든다. 그것들은 격자처럼 반듯하지 않고 연꽃 모양의 프릴이나 수면 위로 퍼지는 동심원처럼 하늘거린다. 때때로 그것은 왜곡된 흔들림이다. 그러나 모든 흔들림은 확장되거나 통과하거나 침투하거나 사라지면서 새롭게 반복되는 흔들림의 궤적일 뿐 어떤 형상에 대한 왜곡으로 읽힐 수 없다. 나는 글쓰기에 대한 글쓰기를, 글쓰기에 대한 글쓰기에 대한 글쓰기를 시간에 근거하여 더 멀리까지 데려갈 수 있을 것이다.

그때 나는 친구를 만났던 하루에 관해 서술할 수 있을 것이다. 친구와 콩국수를 먹는 하루에 대해, 친구와 청계천을 걷다가 물속을 헤엄치는 물고기들을 가리키는 하루에 관해 이야기할 수 있을 것이다. 과거의 파노라마 속에서 저마다 다른 모습으로 공존하는 친구와, 소설 속의 친구와, 소설 속의 친구에 관한 소설 속의 친구가 전혀 같은 사람으로 느껴지지 않고, 그래도 그들이 모두 내게 친구일 수 있는 소박한 윤곽을 분유하고 있음에 관해 이야기할 수 있을 것이다.

나는 친구의 집들이에 과일이나 화분을 사서 방문하는 하루에 관해 이야기할 수 있을 것이다. 맥주를 마시는 하루에 대해, 친구의 집에서 플레이스테이션을 하면서 눌러앉아 있는 하루에 관해 이야기할 수 있을 것이다. 친구를 좋아하는 마음이 왜 끝나지 않고 연속되는지, 친구에 관해 서술하지 않은 것들이 담긴 주머니가 여전히 불룩하다는 사실에 관해 이야기할 수 있을 것이다. 내가 주머니에 담긴 것들을 전부 꺼내놓는 순간을 기다리고 있었다는 사실에 관해 이야기할 수 있을 것이다. 친구에 대해 전부 서술하는 일이 가능하지 않다면, 나는 그 모자람이 친구에 관한 이야기를 되풀이할 수 있는 미완된 지면과 동일하다는 사실에 관해 이야기할 수 있을 것이다. 그러나 지금은 이런 이야기들이 아득하고 터무니없이 느껴진다. 나는 이 모든 것을 쓸 수 있는 어떤 날을 향해 나아간다. 그동안 나는 지금처럼 내가 쓰지 못한 것들에 관해 쓸 수 있을 것이다. 쓰지 못한 것을 미래 시제의 약속으로 남겨둘 수 있을 것이다. 일어나지 않은 일들을 그리워하면서 말이다. 그리고 이 그리움의 원인이란, 내가 언제나 아직 쓰지 못한 글쓰기의 내용에 관해 너무 자세하게 말하는 사람이기 때문일 것이다.

「말과 꿈에 관한 소설」

목요일

「말과 꿈」은 말 한 마리를 찾아 활주로로 향하는 그의 여정을 기록한 소설이다. 그러나 이 소설에서 그의 여정은 잘 발생하지 않고, 그나마 있는 여정 또한 진짜 여정이라고 말하기엔 불충분할 것인데, 말을 찾는 방법을 궁리하며 동시에 말을 찾고 있다고 생각하지만, 동시에 도무지 말을 찾는 일을 시작하지 못하는 그의 의식을 추적하는 소설로 읽어도 그리 틀린 말은 아닐 것이기 때문이다.

*

　이 소설을 처음 쓰기 시작할 무렵 내게는 몇 가지 막연한 이미지가 있었다. 예컨대 드넓은 활주로를 달리는 말의 이미지. 지상에 비뚜름히 정지한 항공기 안쪽으로 내리지 못한 승객들이 방금 검은 말이 지나간 비좁은 창문 밖을 바라본다. 활주로에 갑작스레 나타난 검은 말 때문에 공항을 통과하는 항공기들의 운항이 중단된다. 달리던 말이 고개를 높이 쳐들고, 침을 흘리며 가쁜 숨결을 내쉬는 말의 시야로 착륙하지 못한 채 밤하늘을 선회하는 항공기들의 불빛이 보인다.

　말을 활주로로 데려가기 위해서는 어떻게 해야 할까? 나는 달리는 말의 살갗을, 물론 그 살갗은 병변이나 쇠약의 징후로 남루하게 얼룩져 있겠지만, 어쨌든 활주로 위를 가속하며 들썩거리는 어떤 미끄덩한 표면의 진동과 전율을 수십 가지 방식으로 묘사하게 될 거야. 나는 말 한 마리로 표상되는 관능을 표현하지 않을 것이고, 말 한 마리로 표상되는 불능을 표현하지도 않을 것이며, 다만 뒤얽히는 관능과 불능이 서로를 연주하며 어떤 독특한 화음을 발생시키는 생의 멜로디를 구현하게 될 거야. 나는 달리는 말을 타고 목적지에 도달하는 것이 아니라 달리는 말의 잔등 위가 소설 자체의 영원한 목적지가 되는 바로 그런 소설을 쓰게 될 거야.

나는 소설을 쓰기 전에 으레 찾아오는 소박하고 황당한 야심 속에서 열심히 생각했다. 앞으로 표현할 말의 삶에 관해 알려고 했다. 원래 소설의 주인공이었던 기수를 시점 주체로 세 페이지를 썼다. 그러나 전혀 마음에 들지 않았다. 며칠 동안 문장을 늘리기만 했던 기억나지 않는 페이지들을 고스란히 삭제한 뒤, 이번에는 술에 취한 기수를 데리고 말이 탈출한 공항까지 나아가는 택시 운전사를 시점 주체로 세 페이지를 썼다.

조수석에는 트렁크에 들어가지 않아 거기 두었던 커다란 화분이 놓여 있다. 기수의 물건이다. 기사가 화분에 안전벨트를 채운다. 잎사귀가 무성하다. 밀폐된 실내에서 비릿하고 풋풋한 냄새가 난다. 만취한 기수는 혀가 꼬여 있다. 하는 말을 도무지 알아들을 수 없다. 꼬부라진 말과 함께 헝클어지는 추억의 환상을 표현하기 위해 데페이즈망을 조금 했다. 기수가 잠든다. 기사는 스키드 마크가 낙서처럼 즐비한 검은 칠판으로 비유되는 밤의 고속도로 위를 달린다. 택시에 속력이 붙고,

택시 운전사는 화분의 잎사귀와 덩굴이 점차 범람해 자
신이 붙들고 있는 핸들을 꺾을 수도 있으리라는 불안한
망상에 시달리게 된다. 그러나 이런 내용을 서술한 문
장들 또한 전혀 마음에 들지 않았다.

토요일

나는 활주로의 말을 자신이 만났던 꿈속의 말로
오인하는 누군가에 관해 서술하기 시작했다. 자신이 찾
으려는 말과 개인적이며 환영적인 관계만을 맺고 있는
어떤 얼굴 없는 인물의 시점. 말은 너머의 세계에 실재
하지만, 인물의 눈앞에 신뢰할 만한 현실로서 출현하지
는 않는다.

인물은 사라진 말을 찾고자 한다. 말과 인물이
맺은 약속 때문인데, 내 생각에 모든 믿음은 배후에 보
이지 않는 약속들을 거느리고 있다. 믿음의 상실이란
그 약속들이 낡거나 부패해 더는 기능하지 않는다는 사
실, 혹은 약속이 시간과 타인에 의해 배신당했던 것일
지도 모르며, 자신 쪽에서 먼저 그 약속들을 망각했거

나 그것들과 결별하기를 선택했다는 사실을 의미할 것
이다. 인물이 말과 약속을 맺은 장소는 꿈이다. 따라서
말과의 약속이란 다른 사람에게 증명하지 못할 환상적
인 체험의 산물일 뿐이다. 인물이 찾고자 하는 말 또한
이 약속에 서명했을 리는 없을 텐데, 어쨌든 인물은 자
신을 떠미는 듯한, 동시에 스스로가 매달리고 있는 꿈
속의 약속에 근거해 하루 동안 말이 실종된 활주로를
향해 나아가기를 원한다. 약속의 효력이 자신의 삶을
내맡기거나 기꺼이 지불할 수 있을 만큼 오래 계속되기
를 원한다.

　　　　말과의 약속을 지키기 위해서는 환상을 소진시
키는 현실의 중력에 대한 딴청이나 부인이 필요할 듯하
다. 약속을 향해 얼떨떨하게 실려가는 몽롱한 부주의가
필요할 것 같고, 이미 인지하고 있는 약속의 결함 속에
서 밝혀진 결함을 무시하고자 하는, 결함 속을 무모하
고 끈질기게 강행하려는 맹목성과 광기가 필요할 듯하
다. 그러나 또한 말과의 약속이란 그것의 불가능에 대
한 느슨한 외면이나 유예 속에서 근근이 유지되거나 연
명될 따름인 부조리한 허구에 지나지 않는다. 인물도
이 사실을 알고 있다. 말과의 약속을 진정한 의미의 약

속으로 만들어줄 현실적인 보증은 존재하지 않기 때문이다.

그러나 인물은 말과의 약속이 스스로를 재촉하고 있다고 느낀다. 약속은 으레 의무나 제약, 구속력에 의해 힘을 갖는 법이다. 인물은 말과의 약속을 놓치지 않기 위해 종일 말에 관해 생각할 것이다. 이미 착각임이 판명된 착각의 중심을 향해 나아가려는 어리석은 추구를 궁여지책으로 연장하기 위해 의식적인 측면에서 이루어질 끝없는 저항과 혼란 속으로 들어설 것이다. 나는 그 저항과 혼란의 내용을 구체적으로 서술할 수 있을 것이다. 인물은 깃털 같은 허구의 약속을 내면의 상자 속에 보관한 채 실체적인 삶을 구성하는 강하고 견고한 약속들 사이를 통과하고자 한다. 깃털을 분실해선 안 돼. 내가 찾고 싶은 것을 찾기 위해서라면 얼마든지 시간을 허비해도 괜찮아.

인물은 가끔 현실을 속이거나 기만하기 위해 노력할 것이다. 기만과 속임수를 얼기설기 조직해 움막을 지었을 때 그곳은 인물에게 이로운 피난처가 되어줄 것이다. 기만이나 속임수라는 단어가 풍기는 부정적인 뉘앙스와는 달리 그곳은 아주 나쁜 공간은 아닐 것이다.

기만이나 속임수가 아주 개인적인 수준에서 작동하기 때문에 오히려 약속을 끈질기게 수행하고자 하는 누군가에게는 아늑하고 유익한 공간이 되어줄 수도 있을 것이다.

단지 그건 아주 어려운 일일 것이다. 피난처가 허물어지고 나면 그에게로 시끌벅적하게 들이닥쳐 증명이나 부채에 대한 반환을 요구하는, 약속의 확실성과 실효성을 침략하는 수다스러운 불청객들이 다녀갈 것이다. 누군가 실제로 그러한 요구를 하며 따지고 들지는 않더라도, 그 스스로가 애초에 말을 찾는 일을 불가능하다고 판단하고 있기 때문에, 말을 찾으려는 자신의 모순적인 시도를 질책하거나 공허한 일로 취급하려는 머릿속의 망상적인 속삭임들을 막을 수는 없을 것이다.

인물은 이 속삭임들에게서 자신의 약속을 방어하기 위해 투쟁할 것이다. 근거가 허약한 자의적인 약속들을 통해 스스로의 긍지를 통째로 발명하기 위해 힘쓸 것이다. 인물은 말과의 약속을 신뢰하고 싶고, 믿음을 새로이 발생시키기 위해 자기 자신을 시험하게 될 것이다. 이렇듯 인물은 지극히 공상적인 시련에 자신을 의탁한 채, 어쩌면 말과 약속했기 때문이 아니라 말과 약속했다는 관념을 보존하기 위해 공항으로 나아갈 것이다. 그것만을 고려할 것이다. 말을 찾는 일을 시작하기 위해서겠지만, 시작은 말을 찾는 일을 가로막는 방해물에 의해 끊임없이 지연될 것이다. 말을 찾기 위해 풍요롭게 장려되어야 할 방황과 표류는, 결국 방황과 표류를 허용하지 않는 공간적 배치에 의해 절단될 것이다.

말의 환영에 투사된 인물의 망설임과 두려움이 찾고자 하는 말의 형상을 불분명하게 훼손할 것이다. 말의 환영에 몰두하지 못하도록 이끄는 반복적인 각성이 말을 향한 진실한 추적을 파괴할 것이다. 말을 찾는 순간을 목표로 더 단단해져야 할 기다림의 꼭짓점은 식은땀을 흘리듯 미끄덩하게 녹아내릴 것이며, 인물이 내내 시달릴 위반과 공포의 실존적 리듬 속에서 점차 와해될 것이다. 차량 사고가 일어나고, 과밀하게 늘어선 교각 위의 차량들은 부글거리는 폭우 속에서 느리게 움직이며, 한 치 앞으로도 전진하지 못하게 만드는 교통 체증이 말의 환영을 향해 겨냥된 인물의 의지를 고갈시킬 것이다. 인물은 발을 동동거리며 유리창 너머의 세계를 바라볼 것이다. 유리창 아래로 속절없이 흘러내리는 물줄기를 바라볼 것이다. 오래전의 기억 속에서, 유리창을 깨트리며 거미줄처럼 넓어지는 균열의 모양이, 현재의 매끄러운 유리창에 투영된 자신의 얼굴을 겁먹은 어린아이의 모습으로 전시할 것이다. 유년의 외상 또한 빗물에 흘러내리고 나면, 유리창 표면으로 쏟아지는 물의 무늬에도 지워지지 않는 자신의 현재만이 무기질의 싸늘한 흉상처럼 얼비칠 것이다.

소설의 말미에 인물이 겪을 좌절 또한 진짜 좌절일 수는 없을 것이다. 결국 인물은 자신에게 진정한 의미의 좌절을 선물할 '찾기'를 시작하는 일에 실패할 것이기 때문이다. 모든 문장이 인물이 겪는 혼란이 가짜 혼란일 따름이라는 의혹을 부추기는데, 인물은 결국 말이 실종된 장소라는 시작 지점에 다다르지 못할 것이기 때문이다. 시작 지점에 입장하지도 못한 채 시작 지점을 이탈하는 것이 이 소설의 결말일 것이다. 인물은 말과의 약속을 하루 동안의 배회 속에서 완전히 잃어버리게 될 것이다. 인물은 자신이 떠나간 장소에서 더욱 멀어져 예기치 못한 장소에 도착해 있을 것이다. 나는 「법 앞에서」의 문지기처럼 단호하게 소설의 문을 닫을 것이다. 깨어난 인물을 블라인드를 내린 고독한 어둠 속에, 남들에겐 구제할 길 없음이 적나라하게 드러난 낯설고 비밀스러운 어둠 속에 남겨둘 것이다.

화요일

브루노 슐츠의 「계피색 가게들」(『브루노 슐츠 작품집』, 을유문화사, 2013)에 등장하는 말에 관한 아름다운 단락을 소개하고 싶다.

나의 폐는 대기 중의 축복 받은 봄에, 눈과 별의 신선함에 젖어들었다. 말의 숨결 앞에서 거품 같은 흰 눈의 성벽은 더 높이, 높이 자라나서, 그 숨결은 이제 순수하고 신선한 물질을 거의 뚫고 나갈 수 없을 것 같았다. 마침내 우리는 멈추었다. 나는 마차에서 내렸다. 말은 고개를 늘어뜨리고 헐떡거리고 있었다. 나는 그의 머리를 가슴에 안고 그 커다란 눈에 눈물이 고여 있는 것을 보았다. 나는 그의 배에 둥글고 검은 상처가 있는 것을 알아차렸다.

"왜 말해주지 않았어?"

나는 울면서 속삭였다.

"귀여운 아이야, 다 널 위해서 그런 거란다."

말은 그렇게 말하고 나무로 만든 장난감처럼 아주 작아

졌다. 나는 그를 떠났다. 이상하게 마음이 가볍고 행복했다.

　　나는 예전부터 글쓰기가 나를 해체하는 특수한 장치에 탑승하는 일이라고 생각했다. 장치에 접속하는 순간 나를 이루는 의미와 이야기의 체계는 약화되거나 손상되며, 나는 나를 포기하지만, 동시에 장치와의 관계가 형성하는 변이의 공간에서 새로운 역량을 지닌 존재의 말하기를 출력하기 시작한다. 때문에 나는 희박한 그림자처럼 아무것도 아닐 때 소설이라는 장치의 역능을 최대화할 수 있다.

　　글쓰기 속에서 나는 나의 빗금으로 존재한다. 소설이란 내가 교섭하거나 불화하며 함께 전진하는 글쓰기라는 장치의 움직임을 뜻한다. 이는 기능적인 규범성을 통해 소설을 정의하는 일을 전부 그만둔다고 가정했을 때, 내가 인식하는 소설에 관한 가장 단순한 정의 가운데 하나다. 소설은 자신을 표현하거나 타인을 대의하는 일이기 이전에 문학과 세계라는 불친절한 타자와 함께 벌이는 거듭된 유희, 끝없는 마찰과 내밀한 포옹의 곡예가 창조하는 기이하며 공생적인 변신에 가깝다는 것. 내가 이 장치를 버리기 전까지 종료되지 않으며, 매번 움직임으로만 지각되는 변신의 여러 단계에서 유령처럼 출몰하는 이름 없는 주체들의 모양이라는 것. 문학의 도구인 언어는 나만의 목소리가 아니라 여러 갈래로 분열된 다른 이들의 목소리로 우글거리고 있기 때문에 글을 쓰는 내 쪽에서 그것은 사랑이나 싸움을 연습하는 일과도 동일하다.

*

「계피색 가게들」에 등장하는 소년은 지갑을 가져오라는 부모님의 심부름을 나섰다가 애초의 목적을 망각한 뒤 밤의 환상적인 거리를 떠돌게 된다. 골목 안쪽에 자리한 계피색 가게들은 각종 해괴하며 매혹적인 물건들을 판매하는 꿈의 상점이다.

시간이 이슥해진다. 소년은 그에게로 다가온 마차에 홀린 듯이 올라탄다. 말이 어두컴컴한 거리를 나아간다. 좌석이 흔들리고, 어느새 소년은 말을 모는 마부보다 영리하게 느껴지는 말의 걸음걸이에 자신의 여로를 온전히 건네줄 수 있을 만큼 말을 신뢰하고 있다. 말과 함께 있는 동안엔 고동치는 심장과 황홀하게 불어오는 바람, 작은 풀꽃들이 내뿜는 은총의 한숨을 느낄 수 있기 때문이다. 이때 소년은 집으로 돌아가거나 역사에 이르러 기차를 타고 마을을 영원히 떠나기 위해 마차에 올라탄 것이 아니다. 소년은 그저 경사로 아래를 향해 활기차게 내달리는 말과 동행하기 위해 마차에 올라탔던 것이다. 이후 말은 소년의 환상이었음이 밝혀지게 되지만, 소년은 말과 함께 마주했던 환희를 고스란히 재현하면서 새벽의 거리를 뛰어 내려가기 시작한다.

　　새벽에는 풀잎 위에 이슬이 맺힌다. 환상 또한 풀잎 위에 맺힌 이슬 한 방울 같은 것이다. 이슬이란 갈증에 시달리는 사람에겐 동그랗고 달콤한 열매 같은 것, 깊게 잠든 사람에겐 밤새 깨끗해지는 눈망울 같은 것.

수요일

　　글쓰기 장치는 기쁨과 슬픔을 증폭시킬 것이다. 이것은 알랭 로브그리예가 『되풀이』(북폴리오, 2001)에서 썼듯이 고독 역시 착각일 것이라는 사실을, 내가 과거에서 미래로 떠밀려가며 반복되는 비인칭적인 원환의 되돌아옴 속에서 다시 깨어나는 동일자이자 타자라는 사실을 알려줄 것이다. 글쓰기는 기억과 시간을 탈탈 털어 내가 소유할 수 있는 것이 아무것도 없다는 사실을 알려줄 것이며, 나만의 욕망은 아닐 모호한 욕망들을 통해 민감한 방식으로 재구성되는 신기루 같은 미로 속을 헤매도록 유도할 것이다. 이것은 악마일 때 지혜로운 고통과 번민일 것이며 천사일 때 어리석은 희망과 기다림일 것이다.

문학은 내가 지상에 발을 단단히 딛는 일을 욕망하지 않는 사람이라는 것을 알려준다. 문학에 따르면 나는 지상에서 몇 센티미터 정도 떠오른 텍스트 위에, 가볍게 팔랑거리며 공중을 부유하는 낱장의 종이 위에 내 발을 단단히 딛기를 욕망하는 모순적인 사람인 듯하다. 그리고 문학은 이러한 나의 모순이 아주 흡족하다고 말한다. 내가 사랑하는 문학은 언제나 현실에 뿌리박힌 나무가 아니라 현실을 날아다니는 양탄자일 것이다.

내가 나의 문학에 관해 자꾸만 말하는 이유는 무엇일까? 문학에 관한 나의 말들이 나의 작업을 지탱하길 원하기 때문이다. 외재적인 가치의 체계나 상징적인 자본에 의지하는 일을 최대한 피하거나 거절할 수 있다면 좋을 텐데. 마치 무의미를 지탱하는 것이 무의미 속

에서 세차게 계속되는 모든 말의 소용돌이일 수밖에 없
듯이, 다시, 무의미 속에서 둥실거리며 떠올라 시시각각
모양을 뒤바꾸는 모든 말의 뜬구름일 수밖에 없듯이, 나
는 내 문학을 움직이는 내재적인 동력을 내 문학에 관한
끊임없는 여담을 통해 얻고자 하는 것이다. 예컨대 나는
나를 지탱할 낱장의 종이들을 발밑에 펼치며 허공을 걷
는다. 내가 현실의 중력을 어깨 위에 짊어지고 있음에
도 불구하고, 어쩌면 문학의 꿈이란 세상에 존재하지 않
는 무지개를 좇는 일이 아니라 현실의 중력을 어깨 위에
짊어진 채, 휘청거리며, 발밑에서 산산이 증발하는 무지
개 위를 용감하게 걸어갈 수 있는 헤르메스의 신발을 고
안하는 일인지도 모르겠다. 헤르메스의 신발. 그것 또한
글쓰기 장치의 이미지일 수 있을 것이다.

　　소설은 내가 여기서 관계하는 글쓰기라는 장치
의 역능을 보여준다. 글쓰기 장치는 나를 확장시키고
자유롭게 하며, 동시에 나를 무력화하며 혼란스럽게 만
든다. 나는 글쓰기 장치를 통과하며 다른 존재로 변화
할 수 있다. 그러나 이는 내게 다른 존재가 될 수 있는
능력이 애초부터 보관되어 있었음을 뜻하지는 않는다.
나는 글쓰기와의 복잡한 관계를 통해, 내가 읽거나 쓰

는 문학의 도움으로, 혹은 그것과 불가피하게 갈등하면서 변화하는데, 소설을 쓰는 나는 글쓰기 장치에 기생적이지만, 똑같이 글쓰기 장치 또한 나를 실험하면서 작동하며, 때문에 나와 글쓰기 장치는 언제나 서로에 대해 타협하거나 저항한다. 그러나 글쓰기에서 타협이나 저항은 국지적인 문제에 불과하다. 타협과 저항의 이율배반적인 공존이 모종의 삐뚤빼뚤한 궤적을 만들어낸다는 사실이 더 중요하다.

「감상 소설」에서 나는 잡음과 으깨어진 언어들을 출력하는 망가진 기계에 탑승한다.「클로이의 무지개」에서 나는 나침판 없이 빠르게 자전하는 자이로스코프 팽이 위에서 멀미와 어지럼증을 느끼며, 일곱 개의 깃털과 앵무새의 목소리로 비행한다.「거위와 인육」에서 글쓰기는 황금알을 생산하는 거위의 육체이며,「해변생활자」에서는 백사장을 오가며 녹슨 쇠붙이를 발굴하는 금속탐지기가 내가 탑승한 장치의 이미지를 이룬다. 나는 매번 소설의 형식이나 내용을, 그것을 쓰고 있는 글쓰기 장치의 모델로 활용한 뒤 담화 레벨과 메타 레벨의 경계를 교란하거나 폐지함으로써 픽션적인 자기 지시성을 통한 낯선 글쓰기의 움직임을 창조하려 했다. 「말과 꿈」에서도 마찬가지로 나는 말에 관해 이야기하며, 동시에 글쓰기라는 말의 안장 위에 올라타 는 것이다.

*

「말과 꿈」에서 나는 부재하는 말의 환영에 몰두하는 누군가가 필요했다. 나는 소설의 진행과 동시에 말의 환영을 점진적으로 변형시키는 인물의 의식을 추적하면서 소설을 전개하는 일에 필요한 정직성에 대한 감각을 얻을 수 있었다. 내게 정직성이란 내가 직면한 한계에 관한 인식을 뜻한다. 글을 쓰지 않으면 내 한계가 무엇인지 파악할 수조차 없다. 나는 한계를 밀치면서 저절로 집요해지는데, 집요함이 가능해진다는 사실 자체가 내 욕망이 한계와 마주하면서 그 너머로 증식하기를 열망하고 있다는 사실, 이른바 소설 쓰기를 강렬하게 추동하고 있다는 사실을 의미한다.

어쩌면 말을 찾는 인물이란 말이 등장하는 소설을 쓰려는 나 자신은 아니었을까? 소설이 무언가를 포착하거나 상상하는 방식이란 쓰고자 하는 대상의 결여를 기술하는 일과 동일하니까. 때문에 글쓰기는 무언가를 모사하거나 이야기하는 일에 앞서 이곳에 부재하는 무언가를 꿈꾸거나 탐색하는 과정이다. 「말과 꿈」을 쓰는 내 앞에는 말과 닮은 것처럼 여겨지는, 동시에 말의 결여를 드러내는 난해하고 신비로운 모양의 환영이 존재할 뿐이다. 심지어 이 환영은 글쓰기를 통해 변형되고 있는 듯하다. 말의 환영은 소설을 쓰는 동안엔 고정된 대상으로 포착되지 않지만, 만일 내가 소설을 쓰지 않는다면 그것 또한 애초부터 그러했듯 산산이 흩어지고 만다.

결여를 해소할 수 없기에 말의 환영은 불완전하다. 글쓰기는 말의 결여를 중심으로 순환하는데, 나는 말의 결여가 주위를 맴도는 말의 환영을 끊임없이 변신시키고 다시 생성하면서 탐색과 상상의 종료를 불가능하게 만드는 어떤 역동적인 움직임을 산출한다는 사실을 알게 된다. 말의 환영을 의미에 미달된 잉여적인 것으로 간주하지 않는다면, 실재와의 위계를 통해 환영을 냉소하거나 억압하는 현실 원칙을 통해 말의 환영을 측량하거나 제거하지 않는다면 말이다. 예컨대 나는 말의 환영이 펼치는 무늬들을 받아쓸 수 있다. 내가 읽은 과거의 책들에서 빌려온 훌륭한 기교의 괄호들을 통해 말의 환영을 보호하며 그것이 귀중한 보물이라도 되는 양 은닉할 수도 있다. 뭐든지 눈에 보여야만 존재를 승인하는 가시성의 덫이, 뭐든지 가치를 대가로 지불해야만 존재를 승인하는 담론의 체계가 말의 환영을 해치지 못하도록.

월요일

로베르트 무질의 『소년 퇴를레스의 혼란』(창비, 2021)에 제사로 인용된 모리스 메테를링크의 문장. 우리는 무엇인가를 입 밖에 내자마자 기이하게도 그것의 가치를 떨어뜨리게 된다. 우리는 심연 깊숙한 곳으로 잠수했다고 믿지만, 다시 수면으로 올라오게 되면 우리의 창백한 손가락 끝에 묻은 물방울은 더 이상 그것이 속해 있던 바다와 같지 않다. 우리는 진기한 보물이 묻힌 곳을 발견했다고 착각하지만, 다시 밝은 곳으로 나와 보면 단지 쓸모없는 돌멩이와 유리 조각을 손에 쥐고 있을 뿐이다. 그런데 그럼에도 불구하고 보물은 어스름 속에서 변함없이 반짝인다.

환영은 결여에서 에너지를 길어낸다. 글쓰기는 종종 나를 비추는 거울이지만, 어디까지나 나의 결여를 강조하는 거울, 반투명한 장막에 가려진 것처럼 흐릿하게 동요하는 거울 속의 환영이 어쩌면 내가 아닐 수도 있다고 말하는 거울이다. 나의 지향성을 강하게 끌어당기면서도 동시에 나를 가로막는 차가운 표면인 그것. 나는 내가 찾고자 하는 대상을 또렷하게 비추지 않는 거울 위에 지문과 손자국을 묻히듯 지지부진하고 어지러운 모색을 거듭할 수밖에 없게 된다.

글쓰기 속에서 나의 모색은 찾고자 하는 대상에 직접적인 영향력을 행사한다. 이러한 모색들 자체가 찾고자 하는 대상을 매 순간 탈바꿈하는 손짓과 흔적의 이동이기도 하다.

그런데 찾고자 하는 대상이란 정말로 내가 아직 닿지 못한 저 너머에 실재하는 대상이 맞을까? 나는 그곳에 도달하지 못한 채, 어떤 궁극적인 장소에 입장할 수 없는 나의 무능함을 시연하거나 중계하고 있는 것에 불과하지는 않은가? 물론 이러한 의혹을 완전히 뿌리치지는 못하고 있는 상태지만, 어쨌든 나는 이러한 어긋남의 구도를 적극적으로 사용하거나 실험하는 일이 내가 찾고자 하는 대상을 직접 발명하는 일이 될 수도 있다고 생각한다. 소설이 그저 욕망의 반영이라면 나는 추구의 대상에 미달된 어떤 결핍의 상태를 노출하고 있는 것이지만, 소설이 일종의 구체적인 행위이자 허구의 생산이라면 나는 추구의 대상에 결여를 도입하면서 모색과 착란을 지속할 동력을 확보하며, 추구의 대상이 제 창조적인 이탈과 변형을 통해 자유로워질 가능성을 개방하고 있는 것이다.

　　소설은 이 두 차원의 분간할 수 없음을 통해 반영과 환상으로 분열되는 이중의 레이어를 갖게 된다. 반영은 그것의 불가능성을 통해 과거의 상실을, 환상은 그것의 불가능성을 통해 미래의 상실을 드러낸다. 반영은 실패할 것이며 환상은 사라질 것이기 때문이다. 환영은 반영과 환상이 중첩된 채로 뒤섞이는 맞물린 틈새에서 탄생한다. 나는 소설을 쓸 때마다 매번 찾기 어려운 무언가를 찾으려고 노력한다. 그 대상이 밝혀지지 않았기 때문에 언제나 과정 중인, 생성 중인 것처럼 보이는 환영의 운동성을 끈질기게 서술하는 방식으로 그러한데, 이때 반영(의 실패)은 그것을 새로이 향유하려는 환상(의 가능성)이 되며, 다시 환상(의 소멸)은 그것을 재차 기억하려는 반영(의 가능성)이 되는 식으로 서로의 불가능성을 다소간 침식한다. 내가 희구하는 찾기의 대상은 글쓰기 장치에 탑승한 나의 현재를 동등하게 따라가며 구성되고 다시 해산한다.

*

환영은 메워지지 않는 그것의 결여로 인해 계속해서 허물어지고 다시 건축되는 무정형의 움직임이다. 환상과 반영이 무수하게 들러붙어 초과적으로 변성하는 까닭에 더는 상징적인 의미에 귀속되지 않는 미지의 작용점이다. 물론 환영은 이러한 서술로부터 유의미한 구호를 끌어내는 일까지를 거절한다. 환영은 '상징적 의미에 귀속되지 않는 것'이 지시하는 미학적인 자리처럼 가끔 상징적인 체계에 귀속될 것이고, 그럼에도 결정된 의미와 개념의 자리에 오래 머무르지는 않을 것이다. 환영은 스스로를 다채롭게 재배치하는 움직임의 실황으로 현현하기 때문이다.

환영은 자신의 조건이나 한계와 유희하고 갈등하는 허구의 무늬들로 일렁거린다. 환영이 포착되지 않기에, 그것을 구획하려는 과도한 언어들은 기꺼이 스스로의 의미를 소모하고 열화하는 것으로 환영의 현재에 참여한다. 환영은 자신이 속한 조건이나 한계와 대화하길 원하며, 자신의 변화가 상징적 체계의 변화와 동일시되도록 유도한다. 협력하며 경쟁하다가도 토굴을 파고 숨어든다. 공감하다가도 신경질을 부리며, 속이고 항의하다가도 예상치도 못한 타이밍에 악수의 손길을 건넨다. 환영은 다른 존재들과 연결된 채 세계 속을 살아가는 모든 이질적인 생명의 다양한 존재 방식을 천진하게 육화할 뿐 목적이나 기원에 종속되지 않는다. 나는 내 손아귀를 빠져나가는 환영에 성실하게 찬성해야 하며, 이를 내가 내게 선물한 자발적인 명령처럼 기입한 채로 찾기를 시작해야 한다.

내 생각에 문학은 항상 꿈과 재현의 불능에서 출발하지만 거기서 모종의 가능성을 끌어내는 고유의 환영적인 역량을 향해 열려 있다. 현실과 문학 사이의 불일치에서, 빗나간 초점으로 인해 불안하게 흔들리는 표면에서 출발하는 문학은, 이를 통해 다시 출발했던 그곳인 진동하는 표면에 도착할 기회를 얻게 된다.

　　　나는 스스로에게도 알쏭달쏭하게 여겨지는 이런 재귀적인 원환이 문학이 세계를 사랑하는 방식을 표현한다고 생각한다. 가령 내가 만약 꿈과 재현의 불능에서 출발한다면, 초상화 속의 얼굴은 왜곡된 채 일그러진 것처럼 보이고, 어떤 풍경은 이전의 모습을 포함해 기대했던 모습을 알아보지 못할 정도로 훼손되거나 오염된 것처럼 보일지도 모르겠다. 그러나 내가 꿈과 재현의 불능 속에 분명하게 도착한다면, 나는 훼손되고 오염된 것으로 간주된 풍경 속에서 열렬하게 조직되고 있는 생태계의 변화무쌍함을, 초상화 속의 괴물이 부정성을 체현하는 기호들을 통해 설명되는 대상이 아니라 개별적인 존재로서 눈을 깜빡이고 입술을 달싹일 수 있다는 사실을 자각하게 된다. 글쓰기는 글쓰기 속에 분명하게 도착할 것이다. 글쓰기는 똑같은 산책로를 반복했기 때문에 매번 거기서 상이한 현실을 발견할 수 있었던 무無의 원환일 것이며, 온갖 구체적인 존재의 삶이 그러하듯 그것의 무위로부터 간결하고 진실된 존엄을 이끌어내는 무無의 표현일 것이다.

*

　말은 말의 없음 속에서 미미하게 어른거리는 말의 환영이다. 글쓰기는 말의 결여 속으로 도래할 다음의 환영들을 마중하기 위해 말의 없음이라는 비워진 자리를 수호한다. 때문에 말의 환영은 미완의 상태이고, 말의 없음은 소진되지 않는 가능성을 결여의 주름 속에 비축한다. 그런 까닭에 글쓰기는 말의 없음을 통해 냉소나 비관적인 허무 속으로 가라앉지 않는다. 나는 말의 없음 덕분에 말의 환영을 향한 나의 지향성을 유지할 수 있다.

　문학에서 배운 역설들은 공허를 긍정하는 일에 도움이 된다. 문학적 역설의 유일한 쓸모가 그것이 아니었는지…… 이런 문장들 전체가 나의 작업을 지탱하기 위해 겹겹이 쌓은 언어적 트릭에 불과할지도 모르겠지만 어쨌든. 문학에 있어서 완전히 사변적이 돼도 좋을 것. 내가 그것을 좋아할 힘이 있으니까. 내가 글을 쓰는 이곳에서만큼은 확실하게 적용될 수 있는 약속과 윤리를 만들고 그것을 실천하기.

　　나는 소설을 통해 말을 찾을 수 있을까? 「말과
꿈」을 쓰면서 내가 붙잡고 있었던 질문은 대충 이러했
던 것 같다. 진짜 말을 찾기 위해선 경마장이나 승마장
에 가면 그만이겠지만, 나는 책상 앞에서 오직 글쓰기
라는 장치에 의지해 말을 찾아낼 수 있을까? 그러나 소
설 속의 말이란 실재하는 말을 지시하지는 않는다. 그
렇다면 글쓰기가 찾고자 하는 말이란 무엇일까. 말이
환영이라면, 나는 환영을 통해 실재하는 말에 이르기
위해서가 아니라, 지금 여기서 시시각각 제 정체성을
갈아입으며 활주로를 내달리는 말의 환영 위에 정확하
게 안착하기 위한 소설을 쓸 수 있을까?

　　소설은 나를 태우고 나아가는 말의 환영이자 내
가 추적하는 말의 환영이다. 어쩌면 내가 찾아낼 말이
란 내가 이미 올라타 있기도 한 말의 질주를 한없이 다
시 쓰이는 새로운 목적으로서, 혹은 모든 목적에의 망
각을 통해 무한히 지속되는 어떤 중단 없는 지평으로서
수락하는 일을 의미하는 것은 아닐까?

　　「말과 꿈」에서 말은 인물이 녀석을 떠올리는 환

영인 한에서 자신의 생애를 인물에게 상세하게 들려준다. 인물은 택시 안이나 무빙워크 위에서 말의 생애를 재구성하거나 감응하는 방식으로 말의 생존을 연장하며, 말의 환영을 통해 자신의 경험을 통째로 연역하기 시작한다. 인물이 말의 환영을 놓치거나 잃어버렸을 때, 말이 쓰러져 죽음을 맞이하는 순간이 소설의 종결이며, 말에의 지향성이 파기되는 순간 인물의 과거와 미래 또한 환영처럼 사라지고 만다.

　　인물과 말의 환영이 맺는 관계는 그림자와 존재의 관계이다. 인물은 말의 환영을 뒤쫓는 그림자이며, 말의 환영이 휘발되고 나면 인물 또한 어디에도 남지 못하는 공허한 얼룩이 된다. 인물은 말을 향해 스스로의 집념과 애착을 투사하는 방식으로, 말을 통해서만 간신히 자신을 증언할 뿐이다. 때문에 말의 환영이 인물의 꿈이듯 인물 또한 말의 꿈일 수밖에 없다. 실종된 말이 자신을 찾으러 공항으로 나아가는 누군가를 꿈꾸었을 수도, 죽음을 맞이하기 직전 말이 꿈꾸었던 희망과 공포가 바로 인간일 수도 있다.

　「말과 꿈」을 쓰면서 내가 시청한 영상들: 도축장으로 끌려가는 회색 말, 코피를 흘리는 점박이 말, 짚단 위에서 신음하는 붉은 말, 페가수스컵이나 개선문상 같은 해외 그랑프리 영상, 발주기 앞에 도열한 유능한 말들, 해변을 질주하는 검은 말, 괴짜라고 불리는 말들의 걸음걸이, 방목장을 한가롭게 거니는 늙은 말, 퍼레이드와 몇몇 마장마술 공연, 풀을 씹는 말, 교미하는 말, 서부극 속의 말, 울타리 안을 빙빙 맴도는 말, 흑백영화의 프레임 안으로 우르르 걸어 들어오는 하얀 말들.

　소설은 다시 씌어지는 일주일처럼, 영원한 스핀오프처럼.

*

　월요일. 나는 너를 동경하는 것 같다. 네 곁에 서면 좋아하는 누군가를 말없이 곁눈질로 선망하던 어린 시절의 풋내기로 돌아간 것 같다. 그러니까 너는 내가 느끼는 쑥스러움이 귀한 감정이라고 생각하게 한다. 쑥스러움은 인생에 하나도 도움이 되지 않는 감정인 줄로만 알았는데.

화요일. 너는 힘차게 달린다. 너를 포획하기 위해 달려드는 장벽들이 너를 중심으로 허물어지고 다시 조립되는데, 마치 네가 장벽에 저항하는 것이 아니라 꽃잎처럼 흩날리는 장벽들이 너를 중심으로 춤을 추고 있는 것 같다. 내가 네게 기대었기 때문에 나는 잠시 동안 네 벡터를 빌린 것이다. 도망치기든 떠나가기든 투쟁하기든 그것은 나만의 홀로된 사업이 아니며, 나는 아무것도 아니지만, 너와 동행하는 순간엔 나의 아무것도 아님이 부끄럽거나 안쓰럽지 않다. 내게는 네가 필요하다. 나는 네가 든든하고 자랑스럽다.

수요일. 오래된 친밀함 속에서 서로를 길들였기 때문에 호흡을 맞출 때 너는 내가 능숙해졌다는 자긍심을 불어넣는다. 겉으로는 내가 너를 인도하는 것처럼 보이지만, 실상 내가 잠들었을 때도 내 잠꼬대와 코골이를 엿들어 길을 찾는 너는. 샛길을 향해 제멋대로 방향을 변경하고, 제어 불능이며, 뜬금없이 머뭇거리며 산딸기를 먹는데, 다시 생각해보면 자신이 데려가는 장소의 예기치 못한 기쁨을 전해주기 위해서였을 것이다.

이렇게 하는 게 더 낫지? 나는 서늘하고 축축한 그림자 속에 누워 네 생식기를 빨고 있다.

목요일. 너는 고칠 수 없는 악벽을 갖게 된다. 새카만 물방울 같은 눈동자를 껌뻑거리고, 나는 충혈된 네 눈동자 근처의 눈곱을 닦아준다. 너를 돌보던 모든 환경이 너를 교묘한 방식으로 착취한다. 네 다리가 부러지고, 주저앉은 네 입김이 추운 겨울 하늘에 나비 모양으로 퍼진다. 끈으로 포박된 채 달랑거리는 고깃덩어리 주위로 어른거리는 모양들. 네 실존이 예비하던 온갖 표현 형식, 삶에의 헌신, 충만한 슬픔, 너를 끌어안을 때 뭉클하게 들썩이던 살갗의 진동 같은 것들이 고깃덩어리 주위로 얼비친다. 나는 네 머리뼈를 가면처럼 쓰고 다닌다. 바람 부는 날 높다란 곳에 네 머리뼈를 매달면, 머리뼈가 달그락거리며 살아 있는 모든 이를 빈정거리고 있는 것 같다.

금요일. 내가 뭐든지 다 해줄게. 네가 노래를 불러 달라고 말할 것 같아 나는 노래를 속삭이고, 네가 재밌는 이야기를 들려 달라고 말할 것 같아 나는 재밌는 이야기를 지어낸다. 내일 새벽, 네가 원하는 그곳에 잘 도달길 바라는 마음으로 냉장고 위에 장난감 토템 하나를 놓아둔다. 장난감 토템과 관련한 유치한 신화를 창작할 수도 있다. 그러나 이곳에 너는 없다. 이야기는 좋은 장소에 이르러야만 하는데 점점 휘어지고, 마침내 뾰족해져서 나를 찌른다. 내 고독이 착각인 것처럼, 내가 네 고독을 들여다볼 수 있다는 믿음 또한 착각이라는 사실을 나는 안다.

토요일. 너는 늙는다. 너는 노동을 그만두고, 굴레와 안장을 벗은 채 한가롭게 절룩거린다. 살갗에 오줌지도 모양의 버짐이 피어난다. 너는 풀을 질겅거리고, 무성한 초록을 불그스름하게 에워싸는 석양 속에서 석탄처럼 짙은 검정이 된다. 너는 모험을 마쳤고, 그것이 네가 원하는 모험은 아니었을 수도 있겠지만, 지금 너의 새로운 모험은 풀밭에 숨은 풀무치를 놀래주는 것이다. 너는 언젠가부터 집을 떠나지 않는다. 그곳에 나는 없고, 오늘 나는 우산이 없다. 나는 차양을 두드리는 빗소리를 듣고 있다. 너도 지붕을 두들기는 빗소리를 듣고 있겠지만, 나는 서로 멀어진 곳에서 우리가 함께 듣고 있는 이 빗소리가 내 마음에 대한 너의 대답이 될 수는 없다고 생각한다.

일요일. 너는 휴식한다. 내 감긴 눈꺼풀 속에서 네 꿈이 잠잔다.

해설

틈새의 시간, 되찾은 현재

— 윤아랑(문학평론가)

적어도 남한에서 양선형처럼 '카르페 디엠'이란 구호에 어울리는 소설가는 없다. 당연하지만 이 말에는 어떤 조롱이나 우회의 뉘앙스도 없다. 정말 그렇다. 요즈음엔 '카르페 디엠'이 'YOLO'에 자리를 내준 낡은 말이 되었어도 그렇다. 다만 양선형이 이 구호를 유행시킨 영화 〈죽은 시인의 사회〉(1990)를 봤는지 안 봤는지는 이런 생각과 아무 상관이 없는데, 그의 소설과 상관이 있는 건 〈죽은 시인의 사회〉가 아니라 이 구호의 원천이기 때문이다. 고대 로마 말기의 시인 호라티우스가 지은 송가의 한 구절, "현재를 잡아라, 내일은 가급적

믿지 말고Carpe diem, quam minimum credula postero."

　　한번 헛된 상상을 해본다. 이 구절을 스스로의 문학에 있어 지침으로 삼아, 글쓰기가 지치거나 막막해질 때마다 "카르페 디엠"을 나지막이 중얼거리며 소설을 완성해가는 양선형을. 헛된 상상일지라도 가능은 할 만큼 양선형의 소설은 내일(혹은 어제)을 기피하고 두려워하며, 반대로 "현재를 잡"으려는 데 더없이 열성적이다. 그리고 여기 『말과 꿈』에 실린 각각의 소설들은 현재에 대한 양선형의 열정을 이전의 그 어느 때보다 뚜렷하게 육화하고 있다. 달리 말하자면, 『말과 꿈』은 현재의 소설가가 쓴 현재를 위한 소설집인 것이다.

　　양선형의 궤적을 착실히 따라온 당신이라면 바로 반문할지 모르겠다. 양선형이야 말로 현재라는 시간의 개념을 잔뜩 일그러뜨리는 작가가 아닌가? 아무런 이야기적/상징적 계기 없이 갑자기 한참 동안 과거를 회상하고, 그런 회상들이 대과거부터 근과거까지 순서를 잘 지켜서 나오긴커녕 컷-업 테크닉cut-up technique으로 기술된 것처럼 순서 없이 제멋대로 튀어나오는 데다, 다음의 부분처럼 상상 중인 미래에서 또 상상이 이어지거나 상상이 당장 일어난 일인 것처럼 모호하게 서술되기도 한다.

　"그는 왠지 모를 비애감 같은 것을 느꼈다. 짧게 요동치던 항공기가 지상에서 이탈하는 순간이었다. 활주로로 나갈 필요가 없어졌고, 그러나 그는 활주로를 질주하는 말 한 마리의 영혼을 본 것 같았으며, 포털사이트 화면이 먹통이 되었고, 일직선으로 뻗은 금속 날개가 엿가락처럼 구부러졌으며, 미사일에 격추된 유선형 동체의 허리가 찢어졌고, 공중을 유영하던 새들이 프로펠러 속에서 잔혹하게 파쇄되었으나 이 모든 일은 환영일 뿐이었다. 절대로 이런 일들이 벌어져서는 안 되었다."(111쪽)

　양선형을 읽을 때는 내가 읽고 있는 문장의 시제는 물론이요 화자의 인식과 자리조차 온전히 믿을 수 없다. 사정이 이러하니 그가 붙잡으려는 현재란 요즘의 현재주의presentism*와 아무 상관이 없는 것 같다. 말하자면 그의 소설에서 현재는 불청객들이 쉴 새 없이 오가는 집이요, 구멍이 뚫려 동전이 빠져나가는

---

* '경험'에 있어 역사적 감각이 쇠퇴하고 현재만을 유일한 시간(성)으로 여기게 되는 작금의 흐름. 상세한 설명은 다음의 책을 참조. 더글러스 러시코프, 『현재의 충격: 모든 것이 지금 일어나고 있다』, 박종성·장석훈 옮김, 청림출판, 2014.

'2018 : 퇴거'의 외투 주머니다. 일직선으로 진행되는 대신 한참을 우회하고 흔들리는 시간, 잠정적이고 불순한 시간. '시간이 흐른다'는 말을 듣는 순간 양선형은 미간을 찌푸릴지 모른다. 그는 스스로의 그런 성질을 건조한 어조로 고백한다.

"시간은 레이어를 만든다. 그것들은 격자처럼 반듯하지 않고 연꽃 모양의 프릴이나 수면 위로 퍼지는 동심원처럼 하늘거린다. 때때로 그것은 왜곡된 흔들림이다. 그러나 모든 흔들림은 확장되거나 통과하거나 침투하거나 사라지면서 새롭게 반복되는 흔들림의 궤적일 뿐 어떤 형상에 대한 왜곡으로 읽힐 수 없다."(210쪽)

양선형이 지난 『감상 소설』(문학과지성사, 2018)과 『클로이의 무지개』(문학과지성사, 2022)에서 격렬한 형태로 보여준 언어의 탕진은 현재의 이런 특성 아닌 특성과도 연관이 있다. 한데, 오히려 그렇기에 양선형이 현재를 잡으려는 데 가장 치열한 소설가라면 어떨까? 현재를 잠정적이고 불순한 것으로 취급하는 것이야말로 현재를 현재답게 만든다면? 이쯤 되니 아무래도 '현재'라는 낱말이 당신과 나 사이에 서로 다른 의미를 지시하는 듯하다. 그렇다면 양선형이 붙잡으려는 현재가 대체 무엇인지 차근차근 따져보자.

양선형은 앙투안 볼로딘과 다르다. 독자의 현실 감각을 최대한으로 압박하려는 소설을 양선형은 아마 쓰지 않을 것이다. 같은 말이지만 양선형의 소설에 흔히 붙는 '실험적'이란 관형사는 사실 그의 소설에 썩 어울리지 않는다. "작가는 초현실, 환상, 망상 속에 있는 존재가 아니라, 환상과 현실의 경계선을 따라가면서 실험하는 존재이며, 소설을, 예술을, 글쓰기를 실험하는 존재가 아니라, 글쓰기 속에서 자기 자신의 실험됨을 감당하는 존재"[*]라는 강동호의 근사한 독해에 흠을 잡을 생각은 없지만, 그런 측면에서 양선형은 (주어진 질료를 생경한 조건에 배치한다는 의미에서) 실험적인 동시에 (손상된 조건을 주어진 질료로 재구성한다는 의미에서) 보수적保修的이기도 하기에 그의 설명은 절반의 진술로 그친다. 그런데 무엇에 대해 보수적이란 말인가? 개념으로서 '시간'이 그것이다.

물론 이 '시간'의 역사에 대해 이 자리에서 논하지는 않을 것이다. (나 혹은 지면이) 그럴 수 없기도 하고, 당

---

[*] 강동호, 「불능의 시뮬라크르」, 『감상 소설』 해설, 문학과지성사, 2018, 394쪽.

신도 흥미가 떨어질 터이니 말이다. 다만 크게 과거/현재/미래로 나뉘는 개념으로서 '시간'의 범주가 양선형을 숙고할 때 중요하다는 건 짚고 넘어가야 한다. 이쯤에서 이론 물리학자인 카를로 로벨리가 최근에 내놓은 대중서적들을 떠올려본다. 그중에서도 『시간은 흐르지 않는다』는 현재를 구성하는 데 있어 양선형의 방법론을 논하고자 할 때 큰 도움을 주는 책이다. 가령 다음의 구절을 곱씹어보자. "과거와 미래 사이에는 과거도, 미래도 아닌 시간의 간격이 존재한다. (…) 이 간격은 현재의 확장이다."*

그 범주에 있어 과거나 미래는 전혀 미스터리하지 않다. 정말 미스터리한 것은 현재다. 당장 친구가 당신에게 전화를 걸어 "지금 뭐 하고 있어?"라고 묻는다면 당신은 "지금 어떤 일 A를 하고 있어"라고 자연스럽게 대답하리라. 그런데 당신이 "지금"이라는 말을 내뱉는 찰나에 A 혹은 A의 일부는 이미 근과거에 일어났던 일이 된다. 또한 역으로 A 혹은 A의 일부는 근미래의 당신이 한 말에 의해 구분되고 '이름'을 부여받는다. (질

* 카를로 로벨리, 『시간은 흐르지 않는다』, 이중원 옮김, 쌤앤파커스, 2019, 50쪽.

들뢰즈가 베르그송을 통해 말했듯) 시간이 매 순간 현재와 과거로 이중화되는 것이다.* 그렇다면 현재는 대체 언제인가? 아니, 과거와 현재와 미래를 서로 나누어 범주화하는 게 가능한 일일까? 문득 '카르페 디엠'의 원천인 송가의 또 다른 구절이 떠오른다. "우리가 떠드는 동안에도, 질투 많은 시간은 흘러간다네Dum loquimur, fugerit invida aetas." 하지만 그 시간은 대체 어느 방향으로 흐른단 말인가.

흐르는 시간은 우리를 속이지 않는다. 시간의 흐름 자체가 모종의 속임수다. 그것도 '자연적'인 속임수. 카를로 로벨리는 이런 형이상학적 사변이 지난 세기 이래의 물리학적 탐구와 동떨어진 게 아님을 차근차근 설명한다. 현대물리학의 성과 중 하나는 자신이 속고 있다는 것을 알아차린 것이다(라고 로벨리는 말한다). 현재는 오직 과거와 미래를 직간접적으로 호명할 때만 간신히, 또 일시적으로 성립되는 미스터리하고 정의 내리기 어려운 시간이다. 로벨리 말마따나 "두 사건 사이의 기간은 단 하나가 아니라 수없이 많을 수 있다"**면,

* 질 들뢰즈, 『시네마 Ⅱ : 시간-이미지』, 이정하 옮김, 시각과언어, 2002, 195쪽.
** 카를로 로벨리, 앞의 책, 200쪽.

그래서 베르그송 말마따나 현재야 말로 시간의 집합이라면, 사실 현재란 과거와 미래를 비롯한 수많은 시간대가 혼란스럽게 순환하고 뒤섞이고 있는 시간대일 테다. 다시 한번, 잠정적이고 불순한 시간으로서의 현재.

이런 현재가 양선형의 언어로 번역/육화될 때, 그것은 디제시스에서 상황의 시작과 종결 사이에 진행 중인 시간대로 일단 설정된다. 「너구리 외교관」의 문이 열리는 순간까지의 대기, 「말과 꿈」의 '녀석'을 찾으러 공항으로 향하는 '그'의 여정, '2018 : 퇴거'의 대리운전 알바를 하는 '나'의 방황. 열거하고 보니 이 각각의 현재들은 앞서 로벨리가 말한 "간격"과 모두 닮아 있지 않은가? 일종의 대기시간이라 해도 좋을 이 "간격"이 말과 함께 자꾸 확장되면서 그 사이로 상상과 회상이라는 가면을 덮어쓴 과거와 미래가 침투한다.

아무래도 양선형은 이런 현재의 성질을 "간격"보다는 틈새라고 부르길 선호하는 듯하다. "나는 처음 소설을 발표했을 때부터 어떤 비좁은 공간의 틈새에서 울창하게 자생하는 굴절된 생각과 비뚤어진 환상의 풍요로운 생태계를 보여주는 소설을 쓰고 싶었다"(181쪽)는 대목을 염두에 두면 그렇다. 한데 양선형에게는 시간의 침투와 뒤섞임을 치열하게 묘사하고는 있어도, 우리의 시간관이 속임수였다고 폭로할 생각이 없다. 그의 소설에서 범람하는 문장들에 의해 디제시스나 장르적 구조가 아예 중단되고 붕괴하는 것을 본 적이 있는가? 시간의 흐름 자체가 속임수라면, 양선형은 우리가 그 속임수에 자꾸만 걸려들고 나아가 예속된다는 데 관심이 있다.

다시 로벨리로 돌아가자. 그는 우리들을 위해 '국소적 현재Local Present'라는 개념을 제안한다. 객관적으로 우주는 수많은 시간대가 순환하고 뒤섞이며 시간을 이루고 있다. 그러나 몸과 정신의 주관성이라는 한계로 인해 인간은 시간의 흐름을 느낄 수밖에 없으며, 그런 '인간적'인 느낌으로서의 현재를 비롯한 보편적 '시간' 개념을 객관적/영원주의적 시간관과 양립 가능한 각자의 시간대로 엄연히 인정해야 한다는 그의 주장은 마치 양선형을 위해 준비되고 제기된 것만 같다. 즉, 임시변통이자 초월론적 가상으로서의 시간.

"엔트로피의 증가는 우리의 과거와 미래를 구분하고 우주의 전개를 이끈다. 또한 과거에 대한 흔적과 잔존물 그리고 기억이 존재하도록 한다. (…) 여기서 우리가 시간의 '흐름'이라 부르는 것이 탄생한다. 이것이 바로 우리가 시간의 경과를 경청할 때 듣는 소리다."*

양선형이 문장의 성질을 마구 교란시키는 와중에도 지시대명사('그', '나', '녀석', '친구' 등) 만큼은 늘 고집스럽게 이어가는 이유를 이제야 알 것 같다. 그는 '시간' 개념의 해체가 아니라 그 해체된 '시간' 개념을 내재하는 현재를 살기를 요구한다. 요컨대 양선형의 현재는 다른 시간대를 가능하게 하는 조건으로서의 시간이며, 다른 시간대와 함께 끊임없이 진행 중인 틈새로서의 시간인 것이다. 그러므로 양선형의 소설적 시간에는 크게 두 개의 힘이 펼쳐지고 있다. 현재에 몰입하지 못하고 끊임없이 다른 시간의 침투를 허용하는 작용과 그리고 그 속에서도 가능할 진행 중인 현재를 갈구하는 반작용. 물론 이렇게만 정리한다면 『말과 꿈』을 비롯한 양선형의 모든 소설은 『잃어버린 시간을 찾아서』의 마르셀 프루스트에 대한 오마주에 그칠 테다. 지그프리트 크라카우어가 말했듯 "프루스트는 한편으로는 연대순을 흐리지만, 다른 한편으로는 연대순을 함부로 건드려

* 카를로 로벨리, 같은 책, 202쪽.

흩뜨리지 않으려고 고심한다. (…) 야우스Jauss의 표현을 빌리면, 시대착오적 순간들의 모자이크 이면에 "불가역적 시간의 정확한 시계"가 감추어져 있"*기 때문이다. 표현 자체만 놓고 본다면 이 문장들은 앞서 나열한 수사들과 크게 다를 바 없어 보인다.

하지만 프루스트와 양선형을 좀 더 주의 깊게 읽은 독자라면 곧 이어지는 구절 역시 눈에 밟히리라. "소설의 끝에서 프루스트와 하나가 된 마르셀은 서로 연결되지 않는 앞의 자아들이 실은 자기가 부지불식간에 지나왔던 길의 단계들이었음을 알게 된다. 이제야 비로소, 사후적으로, 그는 시간을 지나는 이 길에 종착지가 있었다는 사실, 이 길의 유일한 목표는 그에게 예술가가 되는 준비를 시켜주는 것이었다는 사실을 깨닫는다."** 이것이 프루스트와 양선형 사이의 차이일까? 한데 안타깝게도 크라카우어는 여기서 중요한 사실 하나를 간과했다.

프루스트가 작품 전반에 걸쳐 치밀하게 구사하

---

* 지그프리트 크라카우어, 『역사─끝에서 두번째 세계』, 김정아 옮김, 문학동네, 2012, 178쪽.
** 지그프리트 크라카우어, 같은 책, 179쪽.

는 종속절의 문장은 각각의 이미지와 시제를 유기적으로 연결함으로서 이를 종합할 모종의 초월론적 인식 주체의 현현을 예비하는 동시에 내파시킨다. 서술자 '마르셀'이 작품의 마지막에 이르러 주인공이 될 때 그는 '징후들의 의미를 복원'(『되찾은 시간』)할 중대한 임무를 스스로에게 사후적으로 부과하지만(반작용), 그것은 작품 내내 관찰자의 역할에 있던 스스로를 의심스럽게 만들기도 하는 것이다(작용). 왜 '마르셀'은 그 사건에서 관찰자로만 남았을까, 어쩌면 이 기나긴 이야기에서도 말해지지 않은 게 있진 않을까 하는 의문. 프루스트의 소설은 마지막까지도 소설적 시간(과 주체의 위상)에 얽힌 힘을 치밀하게 경합시키고 있었다.

　　　　한편 양선형의 주체는 사후적으로도 그런 초월론적 인식의 자리에 가지 못하며, 앞서 예시를 든 것처럼 대개 처음부터 끝까지 현재의 현재성에 극도로 시달리며 살아간다. 시간은 소실점 없이 상황의 종결을 맞이할 뿐이다. 이런 전개를 한번 프루스트에 대한 비판/비평Critic으로서의 '반복'으로 읽어보면 어떨까? 요컨대 양선형의 소설적 시간에 있어 작용은 『잃어버린 시간을 찾아서』의 그것을 (상대적으로 덜 치밀할지언정) 뚜렷하게 가시화하여 잇고 있는 것이다. 프루스트의 성취를 동시대의 언어적 장場에 걸맞는 방식으로 '상속'하기 위하여. 이런 작용의 구성에 대해선 당신께서도 지금까지의 설명으로 어느 정도 납득이 되었을 것 같다. 그렇다면 이제는 반작용의 구성에 대해 설명해야겠다.

사실 틈새는 시간의 문제만이 아니다. 「말과 꿈」에서 '그'는 '녀석'의 실물을 한 번도 제대로 보지 못하며, 다른 누구의 경험담을 전해 듣거나 스마트폰에서 뉴스를 보는 방식으로 경험을 축적한다. 혹은 「너구리 외교관」의 문이라는 간격, 「2024:「퇴거」와 나중에 함께 묶인 다른 산문들」에서 두 편의 소설 사이에 긴 에세이, 그리고 '2018:퇴거' 안에서 쓰이는 우회책으로서의 소설을 떠올려보자. 오해를 피하기 위해 약간 앞질러 말하자면, 양선형의 주체들은 행위성을 포기한 소극적 주체가 아니다. 청년 세대론에 따른 '왜소한 주체'라는 비평적 틀이 이제는 철저히 거부당했다면,* 당장 우리가 손에 쥔 소설을 그 틀에 막연히 집어넣는 것 역시도 철저히 거부해야 할 테다. 그 대신 다음의 구절에서

* 민경환, 「풍경을 다시 크롭하기 2」, 『문장 웹진』 2020년 8월호.

양선형의 행위에 대한 단서를 찾아보자.

"그는 까막잡기를 하듯 양손을 더듬거린다. 그가 포옹하면 녀석은 생겨난다. 그런데 어디 있어. 너 어디 있어."(35쪽)

이 문장들을 현상에 대한 묘사로 곧장 읽는다면, 양선형에 있어 행위가 지닌 위상을 이해할 수 있을 테다. '그'의 몸짓으로 '녀석'은 생겨나지만 동시에 여기 없기도 하다. 즉, 포옹으로 인해 생겨난 '녀석'은 '녀석'의 일부이면서 '녀석'이 아니기도 하고 '녀석'이기도 하다. 「클로이의 무지개」(『클로이의 무지개』, 문학과지성사, 2022)의 복합적인 레이어를 연상시키는 모순 앞에서 우리는 잠시 문학의 영토 바깥으로 고개를 돌리게 된다. 토마스 허쉬혼의 악명 높은 영상 작업 〈Touching Reality〉(2014)의 손짓, 즉 태블릿 PC의 화면에 뜨는 참상의 이미지들을 (말 그대로) 쓰다듬고 어루만지면서 수많은 맥락과 가능성이 뒤얽히는 그 손짓과 '그'의 몸짓은 공명하고 있지 않은가? 말하자면 한계 속에서 이뤄지는 관계 자체의 관계성.

칸트 식으로 말해보자. 자기의 인식과 자기 밖의 세계 사이의 완전한 합치는 당연히 불가능하나, 그런 경우에도 이미 나와 세계는 지각의 층위에서 '관련'을 갖고 있다는 점에서 진리에 연관되어 있다.[*] 즉, 한계는 모든 가능성을 무(無)로 돌려놓는 대신 자기 안에서 또 다른 가능성을 가능케 하는 것이다. 버스의 창문이 차창 밖의 풍경을 안전하게 보여주면서 우리의 모습을 약간 비추기도 하고 그 자체도 구경의 대상이 될 수 있듯이. 양선형의 경우라면 초월론적 인식 주체의 실패를 증언하면서, 그 실패 자체가 행위가 되고 관계를 창출하는 순간을 쓴다. 앞선 구절의 내용은 상상과 회상으로의 도피가 아니라, 상상과 회상을 현재의 일부로 삼아 그 가면을 더듬거리는 광경인 것이다. 양선형의 주체들의 행위성은 오직 한계에서 찾아야 한다. 오늘날 낡고 흔한 수사가 된 '(불)가능성'은 바로 이런 식으로 갱생한다.

그렇다면 대체 무엇이 주체를 한계 속으로 끌어당기는 걸까? 양선형의 주체들은 (캐릭터라고 하기도 어려운) 어떤 대상들을 강박에 가깝게 의식하며, 바로 그로 인해 내러티브가 촉발된다. 말하자면 도달점이랄까, 일단은 그들을 의식의 대상이라고 칭하자.

---

[*] 박수범, 「칸트 진리론의 구조(構造)」, 《범한철학》 제75집, 2014, 208쪽.

한데 바로 이 점에서 다른 소설집들과 『말과 꿈』은 결정적으로 갈라서게 된다. 『말과 꿈』에 수록된 작품들의 주체는 대상이 귀엽기 때문에 의식한다. 「거위와 인육」에서 "의뢰인인 허풍쟁이 악마의 의뢰를 통해 의뢰의 표적이기도 한 허풍쟁이 악마를 추적하는 것이 허풍쟁이 악마와 체결한 계약의 내용이었"*던 것과 비교하면, 「말과 꿈」에서 '녀석'의 외양에 대한 세세하고 감각적인 묘사나 '2022 : 지난 계절의 일기'에서 '서이제'에 대한 '모에화'는 적잖이 이색적이다. '2018 : 퇴거'의 '나'가 고백하듯 주체들은 대상에 대해 말 그대로 사랑에 빠진 것이다.

한 편의 동화 같은 「너구리 외교관」에서 이런 구도는 특히 노골적이다. 방황하던 과거와 집 안으로 들어가는 미래 사이의 틈새로서 현재, 그리고 그 현재를 지탱하면서 동시에 붕괴시키려는 귀여운 너구리들. "야산에 거주하는 모든 존재가 너구리들을 귀여워한다"거나 "너구리 전령이 엉덩이를 흔들며 촛불 관리인 주위를 얼쩡거린다. 촛불 관리인은 그만 너구리 전령의 모

---

* 양선형, 「거위와 인육」, 『클로이의 무지개』, 문학과지성사, 2022, 75~76쪽.

습에 유혹되고 만다"는 문장들은 대상의 위상과 역할을 강조하고 있다.『말과 꿈』 전반에서 귀여움은 주체의 (불)가능한 행위를 야기해 현재가 구성되고 진행되도록 하고 있다. 양선형은 주체가 대상을 의식하게 되는 여러 방법을 시도해보려는 걸까?

그런데 여전히 혼란스러운 것이 하나 있다. 그렇다면 대상은 '2018 : 퇴거'의 '나'에게 있어 "나는 내가 친구를 사랑하고 있다고 느낀다"고 말한 것처럼 가까스로 현재를 구성하는 데 있어 목적인가, 아니면「말과 꿈」의 주인공에게 있어 "그가 지키고 싶었던 것은 약속이 아니라 약속이 성립되었다는 사실 자체"였을지 모르는 것처럼 동원된 수단인가? 이도 아니면 때에 따라 양자를 오가는가? (스스로도 믿지 못하는 화자를 우리라고 믿을 수 있을까?) 해설을 읽고 있는 당신께는 죄송하지만 내게도 아직 확신이 없다. 하지만 이 독해들을 모두 허락하면서 거부하는 듯이 모호한 스탠스가 양선형의 텍스트가 지닌 매력 중 하나긴 하다(라고 얍삽하게 탈출구를 만들어본다).

하여튼 이런 와중에도 명확한 건, 귀여움의 대상은 내러티브를 포함해 잠정적이고 불순한 시간으로

서의 현재를 촉발시키면서 그것을 현재라고 부를 수 있을 최소한의 연속성을 야기하는 이중적 기제라는 사실이다. 이런 맥락에서 『말과 꿈』에 실린 각각의 작품들은 현재라는 틈새가 유지될 수 있는 방식에 대한 각각의 사고실험이라고 할 수 있으리라. 그리고 그 연장선에서 '2024:「퇴거」에 관한 소설'은 이 소설집에서, 나아가 양선형의 궤적에서 가장 유별나고 충격적인 작품이라 할 만하다. 이 작품은 틈새 없이 시작되기 때문이다.

'2018:퇴거'에서 소설로만 상상되고 쓰이던 '친구'의 퇴거가 정말로 일어나버렸다. 달리 말해, 상상의 형태로 우회 및 지연시키던 미래가 현재를 정말로 엄습하고 점령해버렸다. 양선형의 대부분의 소설이 미래의 도래 혹은 현재의 마지막 연장으로 끝나는 것과 달리, '2024:「퇴거」에 관한 소설'은 거기서 (뒤늦게) 시작한다. 게다가 이 작품의 문체와 전개는 한때 우리의 이목을 (뒤숭숭하고 그릇된 방식으로) 주목시켰던 오토픽션을 너무 닮지 않았는가. 이전에 양선형이 직접 시도해본 적 없는 소설 장르. (저자의 심상을 적나라하게 기록한 '듯한' 전개에도 어째서 제목에 "수필"이 아닌 "소설"이 붙었을까?) 요컨대 이것은 양선형 자신의 문학적 지침들을 일부러 이탈한 예외작이다.

　이런 예외적 조건들 속에서 '나'는 '친구'를 대신해 폐인이 됐(었)다. 귀여움의 대상이 없다면 현재도 불가능하며 그렇기에 시간과 삶 자체가 불가능하다. 앞선 '2018 : 퇴거'에서도 자기혐오적 태도를 몇 차례 마주할 수 있었지만, '2024 :「퇴거」에 관한 소설'은 모든 페이지를 채운 회상과 독백이 거의 절망의 언어뿐이란 점에서 훨씬 무시무시하다. 자기 모독을 과잉 전시하며 또 그런 자신을 의심하고 모독하는 순환 구도는 마치 "스스로가 존재하지 않는다고 느껴지는 견딜 수 없는 불안에 대항해 자아를 신체적 현실 안에 확고히 근거하게 하려는 시도"*로서, 곧 극단적인 자기 확인으로서의 자해처럼 느껴지기도 해 위태로움을 더한다.

　현재라는 틈새로 겨우겨우 저항하던 미래의 무게가 한번에 쏟아지는 광경이 '2024 :「퇴거」에 관한 소설'에서 펼쳐지고 있다. 빗속의 친구를 회상하는 장면은 이색적으로 선명한 그 묘사 때문에 상쾌한 분위기

---

* 슬라보예 지젝, 『실재의 사막에 오신 것을 환영합니다-9.11테러 이후의 세계』, 김희진·이현우 옮김, 자음과모음, 2011, 23쪽.

를 잠시 자아내지만, 언제 그랬냐는 듯 '나'는 다시 절망 속에 중얼거린다. 아직도 현재 없는 미래만이 여기 있기 때문이리라. 고정된 자리와 고정된 시간에서 (적어도 양선형 자신의) 주체에게 가능한 소설이란 없다고, "자기 자신의 실험됨을 감당"하는 양선형은 '나'의 절망의 언어로 말한다.[*]

　　그러나 이 작품을 진정 유별나고 충격적으로 만드는 것은 절망만이 아니다. 현재 없는 소설 같은 건 아무래도 용납할 수 없다는 듯이, 현재성의 삶이 무엇인지를 명확히 보여주겠다는 듯이, 끈적하게 들러붙은 절망을 넘어 양선형은 마지막 세 문단에서 인용의 형태로 미래 시제를 다시 불러들인다. 도래했던 미래가 마침내 과거로 물러나 순환과 교란이 미약하게나마 시작되고, 틈새의 시간으로서 현재가 조금씩 부활한다. '나'의 조

[*] 이런 맥락에서 이 소설은 오토픽션 논의에 대한 양선형의 비판적 개입으로서의 리메이크처럼 보이기도 한다. 강동호와 민경환의 지적처럼, 모든 시제를 종합하고 정리하는 주체의 구축으로 '1인칭'을 받아들인다면 그것이 얼마나 양선형의 문학과 차이를 갖는지 알 수 있을 것이다. '2024 : 「퇴거」에 관한 소설'의 한 대목을 곱씹어 보자. "나는 친구의 머릿속에서 다녀가는 어떤 의식의 흐름이 친구에게 크나큰 슬픔을 유발하는 동인으로 작용하는지를 알고 싶었다. 나는 알아야만 해. 나는 흐리고 틀렸기 때문이다. 나는 알아야만 한다. 조금 아는 것이 아니라 정말로 알아야만 해. 느낀다는 것은 허약했다."

심스러운 어조에도 불구하고 이 세 문단이 굳건하고 희망적으로 느껴진다면 바로 이 때문이리라.

　이젠 분명해졌으리라, 『말과 꿈』은 현재의 현재성이 잠식되는 오늘날에 걸맞은 방식으로 현재를 잡으려 하는 필사의 문학적 시도다. 여전히 현재와 대상의 관계는 규정하기 애매하지만, 오히려 그것이 양선형 소설의 매력 중 하나다. 그 애매함이 야기하는 지속적인 의문과 탐색에 대해 '그럼에도'가 아닌 '그렇기에'라고 말하도록 소설이 유도하기 때문이다. 그래, 현재를 잡아야 한다. 다만 그 현재란 지극히 잠정적이고 불순한, 틈새로서의 시간임을 명심하면서. 말과 꿈을 읽고 나면 '카르페 디엠'을 예전과 같은 글꼴이나 발음으로 인식하고 표현할 수 없을 테다. 세상을 낯설게 느끼도록 할 뿐 아니라 세상의 낯선 모습을 긍정하게끔 만드는 것, 그것이 예술의 탁월한 역량이다.

수록 작품 발표 지면

너구리 외교관
2020년 일단공작단 네이버 오디오 픽션

말과 꿈
『문학과사회』2022년 가을호

「퇴거」와 나중에 함께 묶인 다른 산문들
2018 : 「퇴거」 『웹진 비유』 2018년 6월호(「퇴거」)
2022 : 지난 계절의 일기   2022년 『문학동네』 여름호(「사흘 동안
     의 일기」)
2024 : 「퇴거」에 관한 소설   『문학들』 2022년 가을호(「퇴거」에 관
     한 소설」)

트리플 16

말과 꿈
ⓒ 양선형, 2022

초판 1쇄 인쇄일 2023년 2월 7일
초판 1쇄 발행일 2023년 2월 10일

지은이 · 양선형

펴낸이 · 정은영
편집 · 방지민
마케팅 · 유정래 한정우 전강산
제작 · 홍동근
펴낸곳 · (주)자음과모음
출판등록 · 2001년 11월 28일
　　　　　제2001-000259호
주소 · 경기도 파주시 회동길 325-20
전화 · 편집부 02) 324-2347
　　　　경영지원부 02) 325-6047
팩스 · 편집부 02) 324-2348
　　　　경영지원부 02) 2648-1311
이메일 · munhak@jamobook.com

ISBN   978-89-544-4874-1 (04810)
　　　　978-89-544-4632-7 (세트)